Le Baiser de L'Ange

ELIZABETH CHANDLER

Le Baiser de l'Ange

TOME 2

Traduit de l'anglais (États-Unis)
par Catherine Guillet

hachette

L'édition originale de cet ouvrage a paru en langue anglaise
chez Simon Pulse, an imprint of Simon and Schuster, New York,
sous le titre :

THE POWER OF LOVE

Hachette Livre, 43 quai de Grenelle, 75015 Paris.

Aux nombreuses mains qui ont participé
à la création de ce livre.

Chapitre 1

— Cette fois, c'est décidé, je vais parler à Ivy, déclara Tristan. Il faut absolument que je la prévienne, elle doit savoir que la collision n'était pas accidentelle. Lacey, aide-moi ! Tous ces pouvoirs ne me viennent pas naturellement. Je ne suis pas un ange confirmé comme toi !

— Tu veux bien répéter ? répondit Lacey en s'adossant à la pierre tombale de Tristan.

— Tu m'accompagnes, oui ou non ?

Lacey examina ses ongles, ses longs ongles violets qui ne se cassaient pas et ne se dédoublaient pas davantage que les épais cheveux châtains de Tristan ne repousseraient.

— J'accepte, décida-t-elle enfin. Je suppose que je peux consacrer une petite heure à une fête. Par contre, ne t'attends pas à ce que je sois un ange de vertu.

Debout au bord de la piscine, Ivy sursautait à la

moindre goutte qui l'éclaboussait. Soudain, deux jeunes filles accoururent, poursuivies par un garçon armé d'un pistolet à eau. Parvenus près d'Ivy, tous trois plongèrent dans le bassin, provoquant une gerbe qui la trempa de la tête aux pieds. Un an plus tôt, Ivy aurait perdu ses moyens et invoqué les anges. Désormais, elle savait que ceux-ci n'existaient pas.

L'hiver précédent, lors d'un cours de natation au lycée, paralysée sur un plongeoir par cette phobie qui remontait à l'enfance, elle avait prié pour que son ange d'eau lui porte secours. C'est Tristan qui était apparu.

Par la suite, il lui avait fait découvrir la nage. Les premiers jours, et même si elle avait claqué des dents, elle avait appris à aimer la sensation de l'eau sur sa peau. Puis elle avait appris à aimer Tristan, et ce bien qu'il ait refusé de croire en l'existence des anges.

Maintenant, Ivy savait qu'il avait raison. Tristan était mort et Ivy avait perdu la foi.

— Tu vas te baigner ?

Ivy se tourna vivement. Son visage hâlé et sa crinière blonde toute bouclée se reflétèrent dans les lunettes noires d'Eric Ghent. Les cheveux de ce dernier, mouillés, étaient plaqués en arrière, presque transparents sur son crâne.

— Dommage qu'il n'y ait pas de plongeoir, ironisa-t-il.

— La piscine est belle comme elle est, lui répondit Ivy sans réagir à la pique.

— Elle n'est pas profonde de ce côté, reprit Eric en ôtant ses lunettes.

Il les laissa retomber au bout de leur cordelette sur

son buste osseux. Il avait les yeux bleu clair et les cils si pâles qu'on les voyait à peine.

— Je peux nager... des deux côtés, lui dit Ivy.

— Vraiment ? murmura Eric avec un sourire en coin. Fais-moi signe quand tu seras prête, ajouta-t-il avant de s'éloigner vers ses autres invités.

Ivy ne s'attendait pas à plus d'amabilité de la part d'Eric Ghent. Quoiqu'il les ait conviées, elle et ses deux plus proches amies, à cette fête estivale, elles ne faisaient pas partie de la bande des noceurs de Stonehill. Ivy était certaine que Beth, Suzanne et elle-même devaient leur invitation à Gregory, son presque-frère et meilleur copain d'Eric.

À la recherche de ses deux camarades, Ivy leva les yeux vers les chaises longues alignées de l'autre côté de la piscine. Coiffée d'un énorme chapeau et vêtue d'une robe pareille à une *muumuu*[1] hawaïenne, Beth trônait au beau milieu d'une dizaine de corps huilés et de têtes oxygénées. Elle parlait avec verve à Will O'Leary, un autre ami de Gregory. Pour une raison quelconque, Beth Van Dyke, qui n'aurait jamais rêvé qu'on puisse la penser intéressante, et Will O'Leary, que tout le monde trouvait passionnant, étaient devenus amis.

Les filles assises de part et d'autre se trémoussaient sur leur transat, feignant de chercher le soleil, le regard discrètement tourné vers Will. Lui ne remarquait rien. Il avait les yeux rivés sur Beth et buvait ses paroles en lui adressant régulièrement des hochements de tête encourageants. Beth lui exposait sans

1. Robe traditionnelle portée à Hawaï. *(N.d.T.)*

doute l'intrigue de sa dernière invention littéraire. Ivy se demanda si Will appréciait réellement les écrits de son amie – que ce soit ses poèmes, ses nouvelles, voire ses exposés, telle la biographie de Marie Stuart, reine d'Écosse, qu'elle avait préparée pour le cours d'histoire. Tous finissaient en histoires d'amour torrides et compliquées. Ivy sourit à cette pensée.

Will choisit ce moment pour la regarder et son visage sembla s'illuminer. Son expression n'était peut-être due qu'à la lueur fugace d'un rayon de soleil sur l'eau de la piscine, néanmoins, elle créa chez Ivy un sentiment de gêne qui lui fit perdre son sourire et l'incita à reculer d'un pas. Aussitôt, Will se détourna et son profil s'effaça dans l'ombre du chapeau à larges bords de Beth.

Ivy buta alors contre un torse nu, dur et froid. Non seulement le propriétaire ne fit rien pour s'écarter, mais il pencha la tête sur l'épaule d'Ivy et lui effleura l'oreille de ses lèvres.

— Je crois que tu as un admirateur, souffla Gregory.

Ivy resta sans bouger. Elle avait fini par s'habituer à son presque-frère, à sa façon de la serrer d'un peu trop près, de surgir derrière elle sans crier gare.

— Un admirateur ? Qui ? demanda-t-elle.

Gregory la regarda avec des yeux gris rieurs. Il était grand, mince, avait des cheveux noirs, et la peau bronzée par des heures d'entraînement quotidien au tennis.

Depuis trois ou quatre semaines, Ivy et Gregory avaient passé beaucoup de temps ensemble. Au mois d'avril précédent, Ivy n'aurait jamais envisagé cette perspective. À l'époque, seuls les rapprochaient le choc d'avoir appris que leurs parents allaient se marier, et le sentiment mutuel de colère et de méfiance qui en avait résulté. Ils avaient tous les deux dix-sept ans. Ivy travaillait pour gagner de l'argent et s'occupait de son petit frère. Gregory sillonnait à toute allure la campagne du Connecticut dans sa BMW, en compagnie d'une bande de copains riches et désœuvrés qui méprisaient quiconque était plus pauvre qu'eux.

Curieusement, les épreuves de la vie avaient estompé leurs différences : Ivy avait perdu Tristan dans un accident et Gregory, sa mère, qui s'était suicidée. Ivy avait découvert qu'à vivre sous le même toit, on finissait par connaître les sentiments intimes de l'autre. Contre toute attente, elle avait commencé à confier les siens à Gregory. Et lui, à se rendre toujours disponible pour elle.

— Un admirateur… répéta Ivy avec un sourire. Mon petit doigt me dit que tu lis les romans de Beth en cachette.

Elle s'éloigna de la piscine et Gregory la suivit comme son ombre. Ivy balaya rapidement le patio des yeux à la recherche de Suzanne Goldstein, son amie d'enfance. Par égard pour Suzanne, Ivy aurait bien aimé que Gregory ne se montre pas si démonstratif en public. Elle aurait préféré qu'il ne chuchote pas à son oreille comme s'il lui avait révélé des secrets.

Toute l'année, Suzanne avait pourchassé Gregory, qui l'y avait encouragée. Puis, un beau jour, elle avait annoncé que l'affaire était dans le sac. Gregory, lui, lorsqu'on lui posait la question, se contentait de sourire sans répondre.

Au moment même où Ivy posait une main discrète sur Gregory pour le repousser un peu, une baie vitrée coulissa. Suzanne émergea de la *pool house*, s'immobilisa, et contempla la vue qui s'offrait à elle : le long ovale saphir de la piscine, les sculptures de marbre, les terrasses de fleurs. Un arrêt sur image délibéré, pour que le public masculin ait le temps de l'admirer, sans aucun doute. Avec ses longs cheveux noirs luisants et son bikini si minuscule que, de loin, on l'aurait dite vêtue de trois pierres précieuses savamment placées, Suzanne éclipsait toutes les filles présentes ce jour-là, y compris celles qui appartenaient depuis longtemps à la bande d'Eric et de Gregory.

— Si quelqu'un a des admirateurs ici, c'est Suzanne, reprit Ivy. Et si tu es malin, tu la rejoindras vite avant d'être coiffé sur le poteau par tes concurrents.

Gregory s'esclaffa en repoussant tendrement une anglaise dorée du visage d'Ivy. Il savait que Suzanne les observait. Tous deux jouaient au chat et à la souris et Ivy se trouvait souvent prise au centre de leur petit manège.

Suzanne parcourut la distance qui les séparait avec une grâce féline combinant fulgurance du mouvement et allure posée.

— J'adore ton maillot ! s'exclama-t-elle alors.

Tout d'abord surprise, puisque Suzanne l'avait elle-même poussée à acheter ce modèle une pièce très échancré, Ivy comprit vite que la remarque de son amie n'était qu'un stratagème pour mieux attirer l'attention de Gregory sur son petit bijou de bikini.

— Vraiment, Ivy, il te va super bien, reprit Suzanne.

— C'est exactement ce que je lui ai dit, lança Gregory avec emphase.

C'était faux, bien évidemment. Il cherchait juste à attiser la jalousie de Suzanne. Ivy lui jeta un regard noir et il partit d'un grand éclat de rire.

— Est-ce que tu aurais de l'écran total ? poursuivit Suzanne. Quelle idiote je fais, j'ai oublié le mien !

Ivy n'en croyait pas ses oreilles. La première fois que Suzanne avait utilisé cette réplique, elles avaient douze ans et Ivy passait ses premières vacances à la plage en sa compagnie chez ses parents, M. et Mme Goldstein.

— Je vais rôtir si je ne mets rien, ajouta Suzanne.

Ivy savait pertinemment que son amie aurait pu s'allonger sur une plaque d'aluminium en plein midi sans prendre un seul coup de soleil. Elle attrapa néanmoins son sac, qui se trouvait sur une chaise juste à côté.

— Vous pouvez le garder, dit-elle en tendant le tube de crème à Gregory. J'en ai un autre.

Bien déterminée à s'éclipser, elle pivota sur ses talons. Gregory l'arrêta en l'empoignant par le bras.

— Et toi ? lui souffla-t-il sur un ton intime.

— Et moi, quoi ?

— Tu n'as pas besoin de crème ?

— Non, merci.

— Comment, non ? insista-t-il d'une voix suave. Je te connais, tu oublies toujours les endroits les plus sensibles.

Là-dessus, il ouvrit le tube et déposa quelques noisettes de crème sur le cou et les épaules d'Ivy. Puis il entreprit d'étaler le produit et, ce faisant, voulut glisser les doigts sous une bretelle du maillot pour la repousser. Ivy plaqua vivement la main sur la sienne. Elle commençait à perdre patience et ne doutait pas que Suzanne bouillait de rage, mais pas à cause du soleil.

Ivy se dégagea de Gregory, chaussa ses lunettes noires afin de dissimuler sa colère, et s'éloigna vivement, abandonnant Suzanne et son presque-frère à leur jeu de massacre.

Chacun d'eux l'utilisait pour marquer des points contre l'autre. Ne pouvaient-ils donc pas lui épargner leur guerre stupide ?

« Tu es jalouse, se reprocha Ivy aussitôt, parce qu'ils sont deux et que tu es seule, sans Tristan. »

Elle se laissa tomber sur une chaise longue à côté d'un petit groupe de filles et de garçons. Tous avaient les yeux rivés sur Suzanne, qui avait entrepris d'entraîner son petit ami vers des transats installés à l'écart des autres. Puis des murmures s'élevèrent lorsque Gregory se mit à masser le corps parfaitement proportionné de Suzanne pour faire pénétrer l'écran total.

Ivy ferma les yeux et tourna ses pensées vers Tristan. Elle repensa au projet qu'ils avaient eu de nager jusqu'au centre du lac Juniper pour y faire la planche, le bout de leurs doigts et de leurs orteils étincelant sous le soleil. Elle repensa aux baisers de Tristan, sur la banquette arrière de la voiture, le soir de l'accident. Elle gardait le souvenir de leur tendresse, et de la déférence, de la vénération presque, avec laquelle Tristan avait effleuré son visage. Elle repensa à ses étreintes, qui lui avaient donné le sentiment d'être non seulement aimée, mais aussi sanctifiée.

— Tu ne t'es toujours pas baignée.

Ivy souleva les paupières. De toute évidence, Eric ne renoncerait pas tant qu'elle ne lui aurait pas prouvé qu'elle n'avait plus peur de l'eau.

— Justement, j'y songeais, lui répondit-elle en retirant ses lunettes.

Eric alla l'attendre au bord du bassin. Il semblait à jeun, ce qui rassura Ivy. Certes, elle allait sans doute subir les conséquences de sa sobriété. Visiblement, quand Eric n'était ni soûl ni drogué, il se distrayait en s'attaquant à ceux dont il connaissait les points faibles.

Ivy se glissa dans l'eau. Au fur et à mesure qu'elle s'y enfonçait, elle sentit resurgir son ancienne phobie. Terrifiée, elle se figea.

« Être courageux, lui avait dit un jour Tristan, c'est surmonter sa peur. »

Ivy s'élança. À chaque nouvelle brasse, son corps se détendait un peu plus. Elle longea le bord de la piscine et attendit Eric dans le grand bain. Il nageait moins bien qu'elle.

— Ce n'est pas mal pour une débutante, lui lança-t-il néanmoins en la rattrapant. Pas mal du tout.

— Merci, lui répondit Ivy.

— Tu n'es même pas essoufflée.

— Je dois être en forme.

— Quand on allait en colo avec Gregory, on était petits, mais je me souviens d'un jeu qu'on aimait bien.

Ivy se douta qu'elle n'y échapperait pas. Sans même connaître les règles du jeu qu'Eric lui proposerait, elle regretta de ne pas être restée dans le petit bain, où l'eau n'était pas profonde, où les arbres ne cachaient pas le soleil et, surtout, où se trouvait la presque totalité des invités.

— Le but, c'est de retenir sa respiration sous l'eau le plus longtemps possible, reprit Eric.

Il avait parlé les yeux baissés ; Eric regardait rarement ses interlocuteurs en face.

— On le fait à tour de rôle. L'un plonge et l'autre chronomètre.

Ivy trouvait l'idée stupide, mais elle savait que plus tôt elle jouerait, plus tôt elle serait débarrassée d'Eric.

Il plongea le premier. Une fois sous l'eau, il sortit le bras pour qu'Ivy voie sa montre. Il resta en apnée une minute et cinq secondes avant de remonter, à bout de souffle. Ivy se prépara, fit entrer le plus d'air possible dans ses poumons, et plongea à son tour. Elle compta, lentement, bien décidée à réaliser un meilleur score que celui d'Eric. Pour s'occuper, elle concentra son attention sur ses mèches de cheveux qui ondulaient autour d'elle. Il y avait beaucoup de chlore et elle aurait préféré fermer les paupières, mais son instinct lui conseillait de se méfier d'Eric.

Lorsqu'elle remonta enfin, il s'exclama :

— Impressionnant ! Une minute et trois secondes.

Elle avait compté douze secondes de plus.

— Bien, reprit-il, maintenant, on va descendre tous les deux et essayer de battre notre propre record. À deux, c'est plus facile, on pourra se soutenir moralement. Tu es prête ?

Ivy accepta d'un signe de tête réticent. Ensuite, elle sortirait de la piscine. Eric regarda sa montre.

— Attention ! Un, deux…

Sans finir le compte à rebours, il entraîna brusquement Ivy sous l'eau. Comme elle n'avait pas fini de prendre son inspiration, elle essaya de se dégager, mais Eric la retint. Et lorsqu'elle pointa les mains vers le haut pour lui indiquer qu'elle voulait remonter, il lui empoigna les avant-bras.

Ivy suffoquait. Elle avait avalé de l'eau et elle était secouée de spasmes – or plus elle déglutissait, plus elle buvait de liquide. Eric la maintenait prisonnière.

Elle essaya de lui donner des coups de pied. Les lèvres serrées en un large sourire, il écarta les jambes.

« Ça l'amuse, se dit Ivy. Il se trouve drôle. Il est malade ! »

Elle avait l'impression que ses poumons étaient près d'exploser. Avec l'énergie du désespoir, elle serra les abdominaux et replia les genoux.

C'est alors qu'Eric grimaça et se tourna sur le côté avec une telle violence qu'il fit tournoyer Ivy avec lui avant de lâcher prise. Ils émergèrent tous les deux, haletants.

— Espèce de crétin ! Pauvre type ! s'étrangla Ivy, prise d'une quinte de toux.

Eric s'était hissé d'un bras le long du mur, le visage blême, les doigts serrés sur sa hanche. Au bout d'un instant, il s'agrippa au rebord des deux mains. Ivy remarqua alors les traces rouges, de fines marques ensanglantées, comme si quelqu'un l'avait griffé avec de longs ongles pointus.

Eric regarda autour de lui, puis posa des yeux vitreux sur Ivy. Il avait les traits toujours crispés par la douleur.

— C'était pour rigoler ! gémit-il.

Quelqu'un l'appela à l'autre bout du bassin. Les invités se dirigeaient vers la *pool house*. Eric sortit de l'eau tant bien que mal et rejoignit le groupe. Ivy, elle, resta sans bouger, à respirer profondément. Elle ne voulait pas quitter la piscine. Il lui fallait d'abord retrouver un souffle régulier. Ensuite, elle ferait quelques brasses. Tristan lui avait appris à dépasser sa phobie et elle ne donnerait pas à Eric le plaisir de la voir régresser. Elle se mit à nager.

Elle finissait d'effectuer son virage en vue d'une deuxième longueur lorsqu'on la saisit par la cheville. Affolée, elle tourna vivement la tête.

C'était Beth, agenouillée en équilibre précaire au-dessus de l'eau, les yeux dissimulés par les larges bords de son chapeau. Will, debout derrière elle, la retenait pour l'empêcher de tomber.

Ivy adressa un sourire soulagé à Beth et jeta un coup d'œil furtif vers Will.

— Qu'est-ce qu'il y a ? lança-t-elle.

— On va regarder des vidéos, lui annonça Beth avec enthousiasme. Ils ont filmé tous les événements de cette année à l'école, les matchs de basket, les…

Beth s'interrompit.

— … compétitions de natation ? finit Ivy.

Avait-elle envie de revoir Tristan nager le papillon ?

Beth se redressa et se tourna vers Will.

— Je vais rester un peu ici, lui dit-elle.

— Ne t'inquiète pas pour moi, Beth, déclara Ivy. Je…

— Je ne m'inquiète pas pour toi. Je veux faire bronzer ce magnifique corps d'ivoire qui est le mien sans avoir à m'inquiéter d'aveugler la foule. Puisque tout le monde est rentré, c'est le moment ou jamais.

Will eut un petit rire et glissa quelques mots à l'oreille de Beth.

Il était si tendre avec elle. Ivy le considéra sous un jour nouveau et se prit à espérer qu'il ne lui en voulait plus. La semaine précédente, un samedi soir, à la pizzeria, elle lui avait fait une vraie scène. Will avait dessiné des anges sur la nappe en papier de leur table. Parmi eux, Ivy s'était reconnue, serrée dans les bras de Tristan. L'idée saugrenue de Will l'avait plongée dans une telle rage qu'elle en avait déchiré la nappe en menus morceaux.

— Va regarder les vidéos avec les autres, Beth, insista Ivy. Je veux juste nager un peu.

C'est alors que Will s'accroupit et lui souffla :

— Tu ne devrais pas nager seule, Ivy.

— Tristan me disait la même chose, répondit-elle, interloquée.

Will la dévisagea avec des yeux d'une expressivité singulière. On aurait dit deux lacs marron assez profonds pour s'y noyer. Les yeux de Tristan étaient couleur noisette, et pourtant, Ivy voyait dans ceux de Will une ressemblance qui l'attirait.

Elle détourna la tête. Et s'immobilisa, le souffle coupé : un papillon aux ailes colorées s'était posé sur son épaule.

— Un papillonneur ! s'exclama Beth en utilisant le surnom donné aux nageurs de papillon.

Elle devait penser à Tristan, tout comme Will et Ivy.

Celle-ci voulut repousser l'insecte d'un geste de la main. Il battit des ailes, mais refusa de s'envoler.

— Il te prend pour une fleur, lui dit Will avec un sourire, le regard étincelant.

— Peut-être… répondit Ivy.

Elle avait eu son lot d'expériences étranges pour la journée. D'une détente des jambes, elle repartit nager.

Après plusieurs longueurs, satisfaite, elle se plaça au centre du bassin pour y faire la planche.

« C'est formidable, Ivy. Est-ce que tu connais la sensation de flotter sur un lac, entouré d'arbres, un grand bol de ciel bleu au-dessus de toi ? On est allongé sur l'eau, le soleil étincelle au bout de nos doigts et de nos orteils. »

La phrase de Tristan retentit avec clarté. Ivy redouta que le grand bol de ciel bleu ne se fracasse, tout comme le pare-brise de la voiture l'avait fait le soir de l'accident.

Au lieu de cela, ses souvenirs la transportèrent jusque dans la piscine où elle avait appris à flotter, le bras de Tristan sous la cambrure de son dos.

« Doucement, lui avait-il soufflé, ne résiste pas. »

Elle s'était laissé faire. Elle avait fermé les yeux pour s'imaginer au centre d'un lac. Lorsqu'elle avait rouvert les paupières, Tristan la regardait, son visage tel un soleil qui la réchauffait.

« Je flotte, avait-elle murmuré.

— Oui, tu flottes.

— Je flotte… »

Leurs lèvres avaient prononcé le même mot en même temps.

Ivy eut l'impression que Tristan se penchait au-dessus d'elle encore une fois, que son visage s'approchait du sien...

— Rends-moi ça !

Ivy releva si brusquement la tête qu'elle coula à pic. Une fois remontée à la surface, elle se passa les mains sur les yeux.

La porte coulissante de la *pool house* était grande ouverte et Gregory galopait sur la pelouse en brandissant un bout de tissu noir. Eric le poursuivait, tenant d'une main le chapeau de Beth placé en guise de feuille de vigne et, de l'autre, un long couteau de cuisine.

— Tu es mort, Gregory !

— Viens le chercher, l'asticota ce dernier en agitant le maillot d'Eric du bout des doigts. Allez. Tente le coup !

— Je vais te...

— Allez, allez, je t'attends !

Soudain, Eric s'arrêta net. Puis, d'une voix glacée, il déclara :

— Je t'aurai, Gregory, et au moment où tu t'y attendras le moins.

Chapitre 2

Lacey se cala contre le dossier de sa chaise et regarda Tristan d'un air satisfait. Elle lui avait apparemment pardonné de l'avoir forcée à quitter la mêlée générale qu'elle avait provoquée chez Eric. Elle crocheta ses deux pouces et fit un mouvement d'ailes avec ses mains.

— Avoue-le, le papillon sur l'épaule d'Ivy était bien trouvé.

Avec une moue à mi-chemin entre le sourire et le dépit, Tristan regarda les ongles pointus et luisants qui semblaient voleter. Lors de sa première rencontre avec Lacey Lovitt, il avait pensé que ses ongles violacés, ainsi que l'étrange reflet magenta de ses cheveux noirs coiffés en piques, étaient dus à ses deux années passées dans ce monde – une durée inhabituelle pour des anges de leur catégorie. En réalité, c'est ainsi que Lacey aimait leur apparence. Elle en avait choisi la couleur après le tournage de son dernier film à Hollywood, juste avant de prendre un avion qui allait s'abîmer en mer.

— Je l'avoue, commença Tristan, mais...

— Tu te demandes comment je m'y suis prise ? l'interrompit-elle. Les champs de forces, Tristan. Encore une notion que je vais devoir t'apprendre, je suppose.

Bien que ni Tristan ni elle ne puissent s'alimenter, Lacey suivit avec des yeux pleins de gourmandise un plateau dessert qui passait à côté de leur table.

— Mais...

— Mais tu te demandes comment j'ai su pour le papillon, c'est ça ? reprit-elle. Je te l'ai dit, j'ai épluché la presse locale. Il y a des articles à la pelle sur le héros du lycée de Stonehill, l'incroyable papillonneur, Tristan Carruthers. J'étais certaine qu'Ivy penserait à toi en le voyant.

— Ce que je me demandais, Lacey, c'est ça : tu n'aurais pas pu laisser les pâtisseries tranquilles ?

Lacey tourna de nouveau les yeux vers le plateau dessert.

— N'y pense pas une seconde, l'avertit aussitôt Tristan.

Ils étaient attablés à une terrasse de café. Il était quatre heures et demie de l'après-midi et seule une poignée de clients se trouvait là, mais Tristan savait Lacey capable de semer la zizanie autour d'elle à partir de presque rien. Deux tartes et de la crème fouettée, voilà tout ce qu'il lui avait fallu chez Eric.

— C'est un peu dépassé comme gag, tu ne crois

pas ? poursuivit Tristan. Ça l'était déjà à l'époque des burlesques.

— Oh, déride-toi, le cafardeux ! lui rétorqua-t-elle. Tout le monde a adoré l'animation à la fête... Bon, je te l'accorde, certains ont adoré, et d'autres, comme Suzanne, n'ont pas apprécié. Mais ça, c'est parce qu'elle entretient un rapport compliqué avec ses cheveux. Moi, par contre, je me suis régalée.

Tristan secoua la tête d'un air désabusé. Invisible et rapide comme l'éclair, Lacey avait provoqué des escarmouches dans tous les coins de la *pool house*. Elle avait pris un malin plaisir, en particulier, à baisser le maillot de bain de Gregory chaque fois qu'Eric passait près de lui.

— Ce n'est pas étonnant que tu n'aies pas encore mené ta mission à bien, déclara Tristan.

— Elle est bien bonne, celle-là ! s'indigna Lacey. Surtout, n'oublie pas de me le rappeler la prochaine fois que tu viendras pleurnicher pour que je t'aide à entrer en contact avec ta bien-aimée !

Là-dessus, elle se leva brusquement et quitta le café comme une furie. Tristan, habitué à ses éclats, la suivit dans la rue principale sans se presser.

— Tu as du toupet, Tristan ! aboya-t-elle par-dessus son épaule. Tu me critiques pour mes petites farces, mais tu étais où quand ta chérie a commencé à faire le poisson rouge au fond du grand bassin ? Qui s'est occupé d'Eric ?

— Toi, mais tu sais très bien où j'étais.

— Oui, empêtré dans le cerveau de Will.

Tristan opina sans rien dire. La vérité était embarrassante.

Ils continuèrent d'avancer en silence sur le trottoir en brique, le long d'une rangée de boutiques aux stores rayés de couleurs vives. Les antiquités, les bouquets de fleurs séchées, les livres d'art et les tapisseries de décoration qui emplissaient les vitrines dénotaient la prospérité de cette petite ville du Connecticut.

Tristan s'écarta à l'approche d'un groupe de personnes. Il continuait à agir comme s'il était fait de chair et d'os. Lacey, elle, passait au travers des corps sans hésiter.

— Je crois que je m'y prends mal, lança Tristan. Des fois, je me glisse tellement bien dans l'esprit de Will que, quand il regarde Ivy, je la vois par ses yeux et lui la voit avec mes sentiments. Et puis, tout à coup, il me claque la porte au nez.

Lacey s'était arrêtée devant une boutique de vêtements.

— Je dois y aller trop fort, continua Tristan. J'ai besoin de Will pour parler à Ivy. Mais, à mon avis, il a senti que je rôdais dans son cerveau et, maintenant, il a peur de moi.

— À moins qu'il n'ait peur d'elle, suggéra Lacey.

— D'Ivy ?

— Des sentiments qu'il a pour elle.

— Tu veux dire des sentiments que j'ai pour elle, s'empressa de rectifier Tristan.

La tête inclinée, Lacey posa sur lui un regard ironique. Tristan l'ignora en feignant de s'intéresser à une robe noire à paillettes de mauvais goût exposée devant eux. Ce faisant, il remarqua que ni le visage de Lacey ni le sien ne se reflétaient dans la vitrine. Seuls y apparaissaient un halo doré et des volutes de couleur pâle. C'était sans doute ce que les croyants percevaient d'eux.

— Pourquoi ? demanda Lacey. J'aimerais bien savoir pourquoi tu te crois le seul gars au monde à être amoureux de...

— Will est très réceptif, l'interrompit Tristan. Il a dû s'approprier mes sentiments et mes pensées sans le savoir. C'est comme ça que ça marche, non ?

— Tu ne t'es jamais dit que, si un amateur de ton genre a pu pénétrer aussi facilement dans l'esprit de Will, c'est parce qu'il ressentait déjà ce que tu ressens, pour Ivy en tout cas ?

Évidemment, cette idée avait effleuré Tristan, mais il s'était bien gardé de l'analyser.

— Je suis entré dans l'esprit de Beth aussi, se défendit-il.

La première fois que Lacey avait vu Beth, elle avait affirmé à Tristan qu'elle ferait une excellente radio, en d'autres termes une personne capable de faire passer des messages de leur monde dans celui des vivants. Aussi, tout comme il avait amené Will à dessiner des anges pour tenter de réconforter Ivy, Tristan s'était essayé à un exercice d'écriture automatique avec Beth. Cependant, l'expérience n'avait réussi qu'en partie et les phrases relayées par Beth étaient restées si confuses que personne n'avait pu les déchiffrer.

— Oui, mais c'était plus difficile, lui fit remarquer Lacey. Tu t'es emmêlé les pinceaux, tu te souviens ? Heureusement que Beth aime beaucoup Ivy aussi, ça t'a aidé à limiter la casse.

Là-dessus, elle tourna de nouveau la tête vers la vitrine.

— Cette robe est à tomber, décida-t-elle.

Puis elle se remit à marcher.

— J'aimerais vraiment savoir ce que vous lui trouvez, tous, à cette poupée, lança-t-elle alors.

— Si tu la portes si peu dans ton cœur, cette « poupée », pourquoi lui avoir sauvé la vie ? lui demanda Tristan sèchement.

Ils dépassèrent le laboratoire photo où travaillait Will et s'arrêtèrent devant Celentano, la pizzeria où il avait dessiné les anges.

— Je ne lui ai pas sauvé la vie, répondit Lacey. Eric s'amusait. Remarque, je te l'accorde, il va falloir trouver à quel jeu il joue. J'ai rencontré pas mal de sales types dans ma vie et lui fait partie de ceux que j'aurais évités.

Tristan acquiesça d'un signe de tête. Il allait devoir mener son enquête. Depuis qu'il avait remonté le temps en esprit, il était convaincu que, si Ivy et lui avaient heurté ce daim, c'était parce que quelqu'un avait sectionné les freins de la voiture. Mais pourquoi ?

— À ton avis, c'est Eric qui l'a fait ? demanda Tristan à Lacey.

— Fait quoi ?

— Sectionné les freins.

Lacey entortilla une mèche de cheveux sur un de ses ongles pointus.

— Tu vas un peu vite. Il y a une différence entre tourmenter une personne sous l'eau et la tuer, objecta Lacey. Il vous en voulait ?

— Je n'en sais rien ! répondit Tristan en levant les mains au ciel.

— Est-ce que quelqu'un d'autre aurait pu vous en vouloir, à toi ou à elle ? Peut-être que seulement l'un de vous était visé. Si c'était toi, *a priori*, ton Ivy peut dormir en paix.

— Pourquoi m'avoir fait revenir pour une mission en ce cas ?

— Pour me casser les pieds, répondit Lacey. Il paraît évident que tu es mon châtiment... Oh, déride-toi, le cafardeux, je plaisante ! Si ça se trouve, tu t'es trompé de mission, tout simplement.

Sur quoi, elle entra dans la pizzeria en passant à travers la porte fermée avant de faire tinter les trois clochettes au-dessus du linteau en arborant un sourire malicieux. Deux garçons, en tee-shirt et jean coupé couvert de taches d'herbe, tournèrent la tête vers l'entrée. Lacey avait matérialisé le bout de ses doigts – un pouvoir que Tristan avait tout juste appris à maîtriser. Elle recommença et, cette fois, les deux garçons, qui ne voyaient bien évidemment ni Lacey ni Tristan, échangèrent un regard inquiet.

— Tu vas leur faire perdre de la clientèle, murmura Tristan avec un sourire.

Sans répondre, Lacey sauta d'un bond sur le plan de travail où Dennis Celentano avait pétri une boule de pâte. Pour l'étaler, il la retournait avec dextérité en la lançant en l'air. Soudain, elle s'immobilisa à mi-course. On aurait dit un gant de toilette trempé qui serait entré en lévitation. Bouche bée, Dennis se pencha à droite, puis à gauche, pour tâcher de voir ce qui la retenait.

Étant donné que, chez Eric, les tartes à la crème

avaient volé, Tristan eut peur que la pâte ne s'écrase bientôt sur le visage de Dennis.

— Lacey, tiens-toi, s'il te plaît, souffla-t-il.

Lacey reposa sagement la pâte sur le plan de travail, puis se dirigea vers la sortie, abandonnant derrière elle un Dennis aussi éberlué que ses deux clients.

— Avec toi, je vais gagner des galons et finir ma mission en moins de deux, gémit-elle une fois sur le trottoir.

— Et tu en gagneras encore plus si tu m'aides avec la mienne, lui suggéra Tristan. Tu m'as bien dit qu'il était possible de voyager vers le passé dans l'esprit d'un autre, n'est-ce pas ?

— Non, je t'ai juste dit que je savais le faire.

— Je veux que tu m'apprennes.

Elle secoua la tête en signe de refus.

— Lacey, s'il te plaît…

— Non.

Ils arrivaient au bout de la rue, devant une vieille église ceinte d'un muret en pierre. Lacey sauta sur la margelle.

— C'est trop risqué, reprit-elle en avançant comme sur un fil. En plus, je ne suis vraiment pas sûre que ça te soit utile. Admettons que tu réussisses à pénétrer dans un cerveau comme celui d'Eric, par exemple, à ton avis, qu'est-ce que tu y trouveras ? Tous ses circuits sont grillés, ils ont sauté, et ton voyage serait sacrément mouvementé.

— Apprends-moi quand même, s'obstina Tristan. Si je veux découvrir qui a trafiqué les freins, il va falloir que je visite le cerveau de toutes les personnes susceptibles d'avoir vu quelque chose ce soir-là, y compris Ivy.

— Ivy ? Tu n'y arriveras jamais ! s'exclama Lacey. Cette nana a claqué la porte de son cerveau au monde entier.

Sur ce, elle jeta un coup d'œil vers Tristan et effectua un lancer de jambe digne d'une gymnaste s'exerçant à la poutre. Tristan la regarda, interloqué. Elle ne perdrait jamais le goût du spectacle.

— Même moi, je m'y suis cassé le nez cet après-midi, reprit Lacey. Je me demande comment vous avez fait pour sortir ensemble tous les deux.

— Ça te dérangerait de m'épargner tes sarcasmes sur ma « nana » ?

— Bien sûr que non, répondit Lacey d'un ton mielleux en se remettant en route. Mais ce ne serait pas aussi drôle.

— Je vais retenter ma chance avec Philip, déclara Tristan pour lui-même plus que pour Lacey. Et voir ce que ça donne avec Gregory…

— Gregory ? En parlant de porte de prison, il se pose un peu là, lui aussi. Ne me dis pas que tu lui fais confiance ? Non, bien sûr que non. C'est une question stupide. Tu te méfies de tous ceux qui ont des vues sur ton Ivy.

Tristan redressa la tête d'un coup.

— Gregory sort avec Suzanne.

— Qu'est-ce que tu peux être naïf ! s'esclaffa Lacey du haut de son muret. C'est rafraîchissant de la part d'un bel athlète comme toi, mais franchement, tu es pitoyable.

— Apprends-moi, répéta Tristan pour la troisième

fois en lui saisissant la main. Je t'en prie, j'ai peur pour elle, très peur.

Lacey le fixa en silence.

— Aide-moi.

Elle considéra un instant ses longs ongles prisonniers dans sa main. Lentement, elle se dégagea, puis tapota Tristan sur la tête. Il détestait cette façon qu'elle avait parfois de le traiter avec condescendance, sans compter qu'il avait horreur de supplier. Toutefois, Lacey maîtrisait déjà certaines techniques dont l'acquisition lui prendrait beaucoup trop de temps s'il s'y essayait seul.

— Bon, j'accepte, annonça enfin Lacey. Par contre, écoute-moi bien, parce que je n'expliquerai qu'une fois.

Tristan opina.

— La première chose à faire, c'est de trouver l'amorce. En d'autres termes, une scène à laquelle la personne a assisté ou une action qu'elle a accomplie. Souvent, le meilleur moyen, c'est de repenser à un objet ou à un geste liés à l'événement. Mais il faut que ce soit discret, pour que ton hôte ne se sente pas en danger et qu'aucune alarme ne se déclenche dans sa tête.

Lacey s'interrompit, le temps de franchir une partie éboulée du muret.

— C'est un peu comme quand on effectue une recherche par mot-clé sur un ordinateur dans une bibliothèque. Si on choisit un terme trop général, les réponses sont en grande partie hors sujet.

— Je saurai faire, affirma Tristan avec assurance.

— Hum... Bon. Une fois que tu tiens ton amorce,

tu te faufiles dans l'esprit de la personne, de la même façon que tu l'as fait avec Will et Beth, mais avec encore plus de prudence. Si ton hôte sent que tu te balades entre ses neurones, il se méfiera et, du coup, ne sera pas assez détendu pour que tu puisses ouvrir les vannes de sa mémoire.

— Personne ne sentira ma présence.

— Hum… répéta Lacey. Donc, il faut être patient et avancer à pas de loup.

Joignant le geste à la parole, Lacey se mit à marcher sur la pointe des pieds.

— Petit à petit, reprit-elle, on focalise son attention sur l'objet ou le geste qu'on a choisi comme amorce. Il ne faut pas oublier de se le figurer du point de vue de son hôte.

— Évidemment.

C'était simple. « En fait, j'aurais pu me passer de ses explications », se dit Tristan.

— Ensuite ? demanda-t-il néanmoins.

Lacey sauta à bas du muret.

— C'est tout.

— C'est tout ?

— Oui, c'est là que la fête commence.

— Comment sait-on que le moment est arrivé, Lacey ? Dis-le-moi, pour que je sache à quoi m'attendre au moins. Qu'est-ce qu'on ressent ?

— Oh ! à mon avis, tu sauras très bien le découvrir tout seul.

Tristan s'arrêta net.

— Tu lis dans les pensées ?

Lacey planta son regard dans le sien.

— Non, lui répondit-elle. Par contre, je me débrouille

pas mal quand il s'agit de déchiffrer des expressions sur un visage. Et le tien ressemble à un livre pour malvoyants.

Tristan détourna les yeux.

— Tu as besoin de moi, mais tu ne me prends pas au sérieux. J'ai rencontré beaucoup de gens comme toi dans ma vie.

Tristan en resta pantois.

— Écoute, moi aussi j'ai une mission à accomplir et il serait grand temps que j'aille faire quelques petites recherches à New York. Comme toi, il faut que je reparte là où tout a commencé et que j'essaie de comprendre ce que je suis censée trouver. Grâce à toi, je suis en retard pour mon train.

— Désolé, marmonna Tristan.

— Je sais que tu ne le fais pas exprès. Écoute, si jamais tu finis ta mission avant mon retour, est-ce que tu me céderas ta tombe ? Je n'en ai pas, moi, sauf si on compte mon siège d'avion au fond de l'Atlantique.

— Oui, bien sûr.

— Remarque, j'aurai peut-être terminé la première.

« Après deux ans passés à traîner ? » songea Tristan.

Lacey éclata de rire.

— Je te le dis, ton visage est exactement comme les livres à gros caractères que ma mère lisait ! lança-t-elle.

Là-dessus, elle pivota sur ses talons et fila vers les abords de la ville, où la gare se nichait entre la rivière et la falaise.

Tristan prit la direction opposée, sur la route qui le

mènerait chez les Baines, en haut de la colline. Philip s'y trouverait certainement. Le petit frère d'Ivy persistait à croire aux anges malgré l'interdiction de sa sœur. Il ne savait pas ce que c'était, mais il percevait le halo de lumière dégagé par Tristan. Curieusement, Ella, la petite chatte d'Ivy, le voyait aussi.

Tristan l'avait caressée le jour où il avait appris à matérialiser le bout de ses doigts. Cependant, l'étendue de ses pouvoirs s'arrêtait là : caresser un chat, ramasser un bout de papier… Alors que Tristan ne rêvait que d'une chose : toucher Ivy, être assez fort pour la tenir dans ses bras.

À cette pensée, il accéléra. Il voulait arriver chez les Baines avant qu'Ivy ne revienne de la fête d'Eric. Il en profiterait pour observer Gregory aussi. Cela l'aiderait à déterminer lequel de leurs deux cerveaux renfermait le plus probablement l'indice dont il avait besoin.

« Je vous en prie, implora-t-il en silence, aidez-moi à entrer en contact avec mon Ivy ! »

Chapitre 3

Du revers de la main, Suzanne repoussa la tige d'une plante retombante qui aurait eu grand besoin d'être taillée, puis elle s'étira voluptueusement sur son fauteuil Récamier. Elle portait un peignoir en soie dorée et avait une serviette de toilette vert et or enroulée en turban autour de la tête. Tout dans sa chambre – l'immense baignoire ronde, les coussins, la moquette moelleuse, la tapisserie en grain de soie – était vert ou doré.

La première fois qu'Ivy y était entrée, à sept ans, elle avait écarquillé les yeux. L'élégance du mobilier et les vingt-six poupées Barbie que renfermaient les coffres doublés de velours l'avaient immédiatement convaincue que Suzanne était une princesse. Et Suzanne n'agissait pas autrement. Effectivement, elle faisait une princesse admirable, fantasque à souhait et qui partageait ses jouets avec plaisir.

Ce tout premier jour, Ivy et elle s'étaient coupé des petites mèches de cheveux afin de confectionner des perruques pour les poupées. Comme il y en avait vingt-six, il en avait fallu beaucoup. Ivy avait craint, alors, de ne plus jamais être invitée. C'est l'inverse qui s'était produit. Suzanne ayant décrété qu'elle préférait la compagnie d'Ivy à son argent de poche ou à son poney, Mme Goldstein avait ouvert sa porte en grand à la nouvelle amie de sa fille.

Suzanne soupira, ajusta son turban et ouvrit les yeux.

— La température te convient ?

— C'est parfait.

Ivy avait raccompagné Suzanne chez elle après la fête d'Eric. Elle avait remplacé son maillot de bain mouillé par un tee-shirt et un short. Mais le froid de l'air conditionné la dérangeait. Suzanne lui avait donc prêté un peignoir rose satiné.

— Parfait... répéta Suzanne.

Elle souleva une jambe longue et hâlée, tendit ses orteils et, soudain, décocha un coup de pied dans la plante suspendue au-dessus de son Récamier. Elle s'esclaffa. Maintenant que la tarte à la crème dans ses cheveux n'était plus qu'un mauvais souvenir, elle avait retrouvé sa bonne humeur.

— Il est... parfait, reprit-elle. Dis-moi la vérité, Ivy. Est-ce que Gregory pense souvent à moi ?

— Comment veux-tu que je le sache ?

— Est-ce qu'il parle de moi, alors ? insista Suzanne en se tournant sur le côté pour mieux regarder Ivy.

— Oui... répondit prudemment celle-ci.

— Souvent ?

— À moi, pas tant que ça. C'est normal. Il sait que je suis ta confidente et que je te répèterais ce qu'il dit, ou que tu me le ferais avouer sous la torture, ajouta Ivy avec un sourire.

Suzanne se leva et tira sur sa serviette turban d'un coup sec. Une cascade de cheveux noirs comme jais retomba sur ses épaules.

— C'est un coureur, déclara-t-elle. Gregory essaierait de séduire n'importe qui, même toi.

— Bien sûr, acquiesça Ivy, qui avait décidé de ne pas relever la pique. Il sait que tu réagis au quart de tour et il aime jouer.

La tête baissée, avec une satisfaction non dissimulée, Suzanne sourit à Ivy à travers ses mèches de cheveux mouillés.

— Tu sais, reprit cette dernière, vous êtes une source inépuisable d'inspiration pour Beth. Grâce à vous, elle aura écrit cinq Harlequin avant qu'on ait passé le bac. Si j'étais toi, j'exigerais un pourcentage sur les ventes.

— Bonne idée, murmura Suzanne, l'œil pétillant. Surtout que ça ne fait que commencer.

Ivy se leva en riant.

— Bon, je dois y aller maintenant.

— Pourquoi ? Reste un peu ! On a à peine parlé des filles qui étaient à la fête.

C'était faux, bien sûr. Elles les avaient passées en revue sur le chemin du retour en voiture, puis Suzanne avait pris un malin plaisir à en critiquer certaines en particulier, sous la douche, une fois arrivée chez elle.

— Et puis, on n'a pas parlé de toi non plus, poursuivit Suzanne.

— Il n'y a rien à raconter, lui répondit Ivy en ôtant et en pliant le peignoir que Suzanne lui avait prêté.

— Rien ? Ce n'est pas ce que j'ai compris, susurra Suzanne d'un air complice.

— Et qu'est-ce que tu as compris ?

— Eh bien, d'abord, je veux que tu saches que, quand j'ai entendu ce qui se disait...

— Entendu quoi ? s'impatienta Ivy.

— ... je leur ai répondu que je te connaissais depuis longtemps et que ça me paraissait improbable.

— Qu'est-ce qui te paraît improbable ?

Suzanne entreprit de se brosser les cheveux.

— J'ai même dit *très* improbable, je crois, mais je ne sais plus exactement.

Ivy se rassit.

— Suzanne, de quoi parles-tu ?

— À moins que j'aie dit « surprenant ». C'est vrai, c'est très « surprenant » d'entendre qu'Eric et toi vous êtes embrassés au fond du grand bain.

La mâchoire d'Ivy lui en tomba.

— Embrasser Eric ? Et tu trouves ça *surprenant* ? C'est inimaginable, oui ! Mais enfin, Suzanne, tu sais très bien que je ne ferais jamais une chose pareille !

— Je ne suis plus sûre de rien avec toi. Les gens changent quand ils font le deuil de quelqu'un. La solitude leur pèse. Ils cherchent des moyens pour oublier... Allez, dis-moi, qu'est-ce que vous avez fait ?

— Un jeu.

— Le jeu du « qui embrassera l'autre en premier » ?

— Pff... Mais non, un jeu idiot.

— Ça me rassure, déclara Suzanne, parce que je ne pense pas qu'Eric soit bon pour toi. C'est un lunatique et il a des activités bizarres. Il n'empêche, sortir avec quelqu'un te ferait du bien.

— Non.

— Ivy, il serait grand temps que tu recommences à vivre.

— Vivre et sortir avec quelqu'un sont deux choses différentes.

— Pas pour moi !

Elles éclatèrent de rire.

— Et Will ?

— Quoi, Will ?

— Eh bien, il est nouveau à Stonehill, comme toi ; et il est un peu artiste, comme toi aussi. D'après Gregory, les tableaux qu'il va présenter au festival sont géniaux.

Effectivement, Gregory lui en avait parlé. Ivy se demanda si Suzanne et lui ne manigançaient pas pour elle un rapprochement stratégique avec Will.

— Tu n'es plus en colère contre lui, si ?

— Je crois avoir compris qu'il pensait me faire plaisir en dessinant ces anges, admit Ivy.

— Alors, donne-lui une chance. Je sais ce que tu penses, et ce que tu ressens. Tu te souviens quand Soleil est mort et que j'ai dit : « Les loulous de Poméranie, c'est fini. Je ne veux plus jamais avoir de chien » ? J'ai pris Menthe depuis et…

— J'y réfléchirai, d'accord ?

Ivy savait que le discours de Suzanne partait d'un bon sentiment, mais la perte de Tristan n'était tout de même pas comparable à celle d'un chien âgé de quatorze ans, à demi aveugle et complètement sourd. Ivy en avait assez que des personnes bien intentionnées lui servent des inepties à longueur de journée.

Quinze minutes plus tard, au volant de sa vieille Dodge, elle grimpait la longue côte qui menait en haut de la colline sur laquelle la maison des Baines était perchée. Plusieurs mois auparavant, Ivy n'aurait jamais pensé s'attacher au muret en pierre, aux bosquets et aux parterres de fleurs sauvages qui bordaient cette allée – le muret, les bosquets et les fleurs d'Andrew, son nouveau beau-père. Pourtant, elle en était venue à se sentir chez elle dans la grande demeure blanche aux volets noirs flanquée de deux ailes et surplombée de doubles cheminées. Les hauts plafonds lui paraissaient moins hauts et, bien qu'elle continue à monter à l'étage par le passage de service, le vaste hall d'entrée et l'escalier monumental ne l'intimidaient plus.

Il restait une heure avant le dîner et Ivy aspirait à un peu de solitude. Voilà quatre semaines exactement que Tristan était décédé – personne ne semblait s'être souvenu de cette date anniversaire – et Ivy ne s'était pas exercée au piano depuis. Au début, Philip lui avait demandé de jouer pour lui. Or, chaque fois qu'elle était montée dans son salon de musique et avait pris place sur la banquette, son sang s'était glacé. La musique se figeait en elle.

« Il faut que je trouve le moyen de surmonter ce blocage », se dit Ivy en entrant sa voiture dans le garage situé en retrait de la maison.

Suzanne avait inscrit Ivy au Festival artistique de Stonehill qui débutait quinze jours plus tard. Si elle ne reprenait pas vite les répétitions, elle en serait réduite à y interpréter *Chopsticks*[1] à quatre mains avec Philip.

Elle sortit du garage puis observa son frère qui jouait au pied des deux arbres dans lesquels se trouvait sa cabane. Il était si absorbé qu'il ne remarqua même pas sa présence.

Ella, si. On aurait dit que la petite chatte attendait sa maîtresse. Ses grands yeux verts pleins d'espoir, elle la rejoignit en quelques bonds, se frotta contre ses jambes en ronronnant, tendit la tête pour qu'Ivy puisse mieux lui gratter les oreilles, puis la suivit à l'intérieur.

Ivy salua sa mère et Henry, le cuisinier, installés à la table de la cuisine. Henry avait l'air fatigué et Maggie, à qui les suggestions de recettes sur les boîtes de conserve paraissaient déjà compliquées, nageait visiblement dans la confusion. Ivy en déduisit qu'ils travaillaient tous les deux à l'élaboration d'un menu pour une soirée destinée aux généreux donateurs de l'université que présidait Andrew.

— Comment s'est passée ta fête, ma chérie ? lui demanda sa mère en levant à peine la tête.

— Bien.

Henry s'affairait à barrer les idées de plats proposés par Maggie.

— Poulet à la crème et gâteau au chocolat à la crème fouettée ?

— Non, c'est impossible ! gémit-il.

1. Valse d'Arthur de Lull souvent utilisée dans les cours pour débutants. *(N.d.T.)*

— À tout à l'heure ! leur lança Ivy sans s'approcher.

Elle continua son chemin, passa devant la salle à manger et le séjour. Puis elle tourna dans la petite galerie aux murs tapissés de portraits, d'où partait l'escalier de service et qui reliait aussi le séjour au bureau d'Andrew. Juste au-dessus de celui-ci, à l'étage, se trouvait la chambre de Gregory. L'aile ouest de la maison était décidément la plus utilisée. Ivy monta au premier et emprunta le passage qui ramenait vers la partie centrale de la maison, plus isolée, où donnaient la chambre de Philip et la sienne. Elle ouvrit sa porte. Un parfum suave l'accueillit.

Surprise, Ivy retint son souffle. Sur sa commode, à côté de la photo de Tristan coiffé de sa casquette de base-ball préférée et vêtu de sa vieille veste d'école, trônait un bouquet de douze roses lavande. Ivy s'en approcha, les yeux instantanément baignés de larmes, comme si ces dernières n'avaient attendu que cet instant pour perler.

Tristan lui avait offert quinze roses de cette couleur le lendemain d'une conversation houleuse qu'ils avaient eue au sujet de la croyance d'Ivy dans les anges – une rose pour chaque statuette qu'elle possédait. Elle les avait tant aimées que Tristan lui en avait donné un nouveau bouquet le soir de l'accident, juste avant qu'ils prennent la voiture pour leur dîner aux chandelles.

Il y avait une note adossée au vase. L'écriture irrégulière de Gregory n'était pas facile à déchiffrer, surtout pas à travers des larmes. Ivy se sécha les yeux.

« Je sais que ces quatre semaines ont été les plus dures de ta vie. »

Ivy prit le vase et enfouit son visage dans les pétales odorants. Gregory se montrait si présent, il veillait si bien sur elle ! Alors que tout le monde la poussait à parler de l'accident, à en ressasser tous les détails – « pour faire ton deuil », lui disait-on –, Gregory lui permettait de prendre son temps, de trouver ses propres moyens de guérison. Sans doute cette empathie lui venait-elle de la dure perte qu'il avait lui-même subie le jour où sa mère s'était suicidée.

Soudain, la note de Gregory tomba de la commode en voletant. Ivy s'empressa de l'attraper et de la reposer là où elle se trouvait. Mais aussitôt, la carte retomba. Ivy l'intercepta de nouveau. Le papier, alors, se déchira légèrement dans sa main, comme s'il s'était accroché à quelque chose. Les sourcils froncés, Ivy le lissa délicatement. Puis elle le coucha sur la commode, et posa le vase sur l'un de ses coins.

Malgré ses pleurs, Ivy se sentit rassérénée. Aussi, elle décida que le moment était venu de s'asseoir au piano et de redonner vie à la musique en elle.

— Viens, Ella ! lança-t-elle à la petite chatte. On monte. Il faut que je répète.

Ivy ouvrit la porte qui dissimulait l'escalier menant au deuxième étage. Le salon de musique installé dans cette pièce mansardée éclairée par deux lucarnes avait été aménagé et meublé par Andrew, en cadeau de bienvenue. Ivy avait toujours peine à croire que le demi-queue, aux touches étincelantes et parfaitement accordé, lui appartenait. Tout comme le lecteur CD, dont la qualité de son l'émerveillait toujours autant, ainsi que le vieil électrophone grâce auquel elle pouvait écouter les vinyles de jazz qui avaient appartenu à son père.

Les premiers temps, Ivy n'avait su comment réagir face à l'exubérance des cadeaux dont Andrew les comblait, elle et Philip. Elle craignait aussi que Gregory ne soit froissé. Maintenant que plusieurs mois s'étaient écoulés, ces sentiments de culpabilité lui paraissaient loin et elle avait cessé de croire que Gregory lui en voulait d'avoir envahi sa vie, chez lui et à l'école.

Ella se faufila dans le salon devant sa maîtresse et sauta sur le piano.

— Tu es sûre que je vais jouer aujourd'hui, c'est ça ? lui dit Ivy.

Ella ronronnait, ses grands yeux rivés sur un point au-delà d'Ivy.

Indécise, celle-ci s'empara de plusieurs partitions. « Peu importe ce que je choisis, tâcha-t-elle de se convaincre. Il faut que je me fasse les doigts, voilà tout. » Pour le festival, elle proposerait un des morceaux qu'elle avait eu l'habitude d'interpréter en récital. Elle trouva au milieu des œuvres classiques un recueil de mélodies tirées des plus célèbres comédies musicales de Broadway. C'était le seul style de musique un tant soit peu douce et désuète que Tristan, fan de rock, connaissait.

Ivy opta pour Liszt. Elle plaça les mains sur le clavier. Bien que ses doigts aient tremblé au contact des touches lisses, elle entama sa gamme. Très vite, elle retrouva avec plaisir la sensation familière du toucher et, comme autrefois, se sentit apaisée par l'envolée et la retombée des notes. Elle jeta un coup d'œil aux premières mesures du *Liebestraum n° 3* et s'obligea à commencer. Aussitôt, la mémoire prit le contrôle de ses mains et Ivy joua comme si elle n'avait jamais cessé de le faire. Pendant un mois, elle s'était muselée mais, soudain dégagée de cette retenue, elle s'engouffra dans le tourbillon musical. La mélodie voulait la porter, et elle se laissa faire, elle l'autorisa à la guider où bon lui semblait.

« Je t'aime, Ivy, et un jour, tu me croiras. »

Ivy s'arrêta net. Elle sentait Tristan tout autour d'elle. Elle ne parvenait pas à se persuader qu'il ait disparu à jamais. Le souvenir de cette soirée où il l'avait écoutée jouer au clair de lune, debout derrière elle, était si prégnant ! Ivy s'effondra sur le piano.

— Tristan ! Tristan, tu me manques !

Elle pleura comme si quelqu'un venait tout juste de lui apprendre la nouvelle de sa mort.

« Je ne m'y habituerai jamais, sanglota-t-elle. Jamais ! »

Ella vint se blottir dans son cou et renifla son visage du museau. Ivy sécha ses larmes et prit la petite chatte dans ses bras. C'est alors qu'elle entendit un son : trois notes distinctes. Les pattes d'Ella avaient dû toucher le clavier lorsqu'elle l'avait soulevée.

Ivy ferma les yeux et serra Ella contre elle.

— Que ferais-je sans toi ? lui murmura-t-elle.

Une fois calmée, Ivy plaça doucement Ella sur la banquette et se leva pour aller se rafraîchir le visage. Elle était parvenue au milieu de la pièce lorsqu'elle entendit deux fois de suite les trois mêmes notes qui avaient retenti un peu plus tôt.

Ivy pivota sur ses talons. Ella était toujours assise

là où elle l'avait posée et la regardait, immobile, en clignant lentement des yeux.

— Soit je deviens folle, Ella, s'esclaffa Ivy à travers une nouvelle vague de larmes, soit tu m'as caché tes talents de pianiste !

Troublée, Ivy redescendit rapidement dans sa chambre.

Elle aurait aimé baisser les stores et dormir, mais elle s'en empêcha. Sa douleur d'avoir perdu Tristan ne s'amenuiserait sans doute jamais, mais elle avait une vie à vivre et elle se devait de continuer à avancer et à se préoccuper des personnes qu'elle aimait. Philip avait presque renoncé à elle. Au bout d'une semaine, il avait cessé de lui demander de jouer pour lui. Elle décida d'aller le lui proposer elle-même.

Il était toujours assis entre les deux grands érables, occupé à préparer un repas imaginaire. Il avait empilé des bouts de bois sur lesquels il avait posé une vieille mijoteuse.

« Un jour, se dit Ivy, il finira par mettre le feu au beau jardin paysager d'Andrew. » Il avait déjà réalisé des dessins à la craie sur son allée de garage immaculée...

Tandis qu'Ivy observait ainsi son frère d'un œil amusé, les six notes de musique lui revinrent à l'esprit. Ces deux triolets lui étaient familiers, ils provenaient d'une chanson qu'elle connaissait. Soudain, des mots lui revinrent : « Quand tu traverses une tempête... »

Ivy laissa sa mémoire la porter. « Quand tu traverses une tempête... garde la tête haute... » Ivy réfléchit. « Et n'aie pas peur du noir. »

La mélodie était tirée de *Carrousel* ! Ivy n'avait qu'un

vague souvenir de cette comédie musicale, mais elle n'avait pas oublié qu'à la fin, un homme décédé revenait avec un ange voir sa bien-aimée.

– Tu ne marcheras jamais seul ! s'exclama-t-elle soudain à voix haute.

C'était le titre de la chanson.

Elle porta la main à ses lèvres. Elle devenait folle. Elle s'imaginait que son chat jouait des notes au piano et que ces notes étaient porteuses d'un message. Il n'en restait pas moins que celui-ci, vrai ou inventé, la réconforta.

Sur la pelouse, Philip chantonnait, penché au-dessus de son plat de légumes verts composé de tiges d'herbe. Alors qu'Ivy s'approchait de lui en silence, il braqua soudain une baguette dans sa direction. Ivy comprit qu'elle faisait désormais partie des personnages de son histoire. Elle se plia au jeu.

— Monsieur, pourriez-vous m'aider ? dit-elle. Cela fait des jours que je suis perdue dans cette forêt. Je suis loin de chez moi et je n'ai rien à manger.

— Assieds-toi, petite fille, lui répondit Philip d'une voix tremblotante de vieil homme.

Ivy se mordit la lèvre pour ne pas éclater de rire.

— Je vais te donner quelque chose, poursuivit Philip.

— Vous n'êtes pas... vous n'êtes pas une sorcière ? lui demanda-t-elle en affectant la peur.

— Non.

— D'accord.

Elle s'assit et feignit de se chauffer les mains près d'un feu de camp. Philip la rejoignit avec son chaudron de feuilles et d'herbes.

— Je suis un magicien.

— Ah ! s'exclama Ivy en se dressant d'un bond.

Philip éclata de rire, puis reprit son air grave et ajouta :

— Je suis un magicien gentil.

— Ouf !

— Sauf quand je suis méchant.

— Je vois... Quel est votre nom, monsieur le magicien ?

— Andrew.

Ce choix laissa Ivy rêveuse, mais elle décida de ne pas réagir.

— C'est votre maison, monsieur le magicien ? lui demanda-t-elle en pointant le doigt vers la cabane au-dessus d'eux.

Philip opina.

L'autre Andrew, celui qui réalisait ses tours de magie à l'aide de cartes de crédit, avait engagé des charpentiers pour reconstruire et agrandir cette cabane dans laquelle Gregory jouait petit. Désormais, elle occupait les érables jumeaux réunis par une passerelle en bois. Dans les deux arbres, les ouvriers avaient élevé des étages supérieurs au-dessus de la plate-forme et des garde-fous d'origine. D'un côté pendait une échelle de chanvre, de l'autre, une grosse corde qui se terminait par un nœud sous un siège de balançoire. Comme Ivy et Gregory en avaient convenu un jour, après être montés ensemble dans la cabane en l'absence de Philip, il y avait là tout ce qu'un enfant pouvait vouloir, et plus encore.

— Veux-tu me suivre dans ma cachette, petite fille ?

lui demanda Philip. Les bêtes sauvages ne pourront pas venir t'y chercher.

Là-dessus, il grimpa à l'échelle. Ivy lui emboîta le pas, heureuse de l'effort physique, du frottement rugueux du chanvre sur les paumes de ses mains, et de l'oscillation provoquée par le vent et par ses propres mouvements. Ils s'arrêtèrent sur la première plate-forme pour reprendre leur souffle.

— On est bien, ici, monsieur le magicien.

— Oui, et on est en sécurité, répondit Philip. Sauf quand le serpent d'argent vient.

Une cinquantaine de mètres plus loin s'étirait le petit mur qui délimitait la propriété des Baines. Au-delà, le sol s'éboulait en un escarpement de roches déchiquetées, de buissons enchevêtrés et d'arbres rachitiques aux formes étranges qui s'étaient ployés pour ne pas être arrachés du sol rocailleux par le vent. Tout en contrebas se dressait la minuscule gare de Stonehill. On entendait siffler les trains lorsqu'ils passaient là, entre rivière et falaise.

Ivy tourna la tête vers le nord et étudia une bande bleue sinueuse, semblable à un ruban qu'on aurait coupé dans le ciel et laissé tomber entre les arbres. La rivière. Un train longeait ses berges. Il avançait lentement en réfléchissant la lumière du soleil.

— Qu'est-ce que c'est, monsieur le magicien ? demanda Ivy, le doigt pointé.

— Le serpent d'argent, répondit Philip sans hésitation.

— Est-ce qu'il mord ?

— Seulement si on se met en travers de son chemin. Alors il vous avale tout cru et vous recrache dans l'eau.

— Berk !

— Des fois, la nuit, il grimpe la falaise, ajouta Philip d'un air parfaitement sérieux.

— C'est impossible.

— Pas du tout, insista-t-il. Il faut faire très attention et, surtout, ne pas le mettre en colère.

— D'accord, je ne dirai pas un mot.

Philip hocha la tête d'un air approbateur, avant de lancer une nouvelle mise en garde :

— Il ne faut pas non plus lui montrer que tu as peur, parce qu'il le sentirait. Pour ça, tu dois retenir ta respiration.

— Retenir ma respiration ? répéta Ivy en étudiant son frère avec curiosité.

— Oui, parce que si tu bouges, il te verra. Il t'observe sans que tu le saches. Jour et nuit.

D'où Philip sortait-il toutes ces histoires ?

Faisaient-elles partie d'un cauchemar ou bien n'était-ce qu'un jeu ? Il avait toujours eu beaucoup d'imagination mais, cette fois, la noirceur et la complexité de ses inventions troublèrent Ivy. Elle aurait bien aimé que Sammy, son camarade, revienne de sa colonie. Philip avait tout ce dont il avait besoin, mais il vivait trop isolé des autres enfants, trop enfermé dans son propre monde.

— Ce serpent ne m'attrapera pas, déclara alors Ivy d'un ton presque sévère. Il ne me fait pas peur. Rien ne me fait peur, parce que je suis en sécurité dans notre maison. D'accord ?

— D'accord, petite fille. Maintenant, reste là et ne

laisse entrer personne. Je vais te chercher des vêtements dans mon autre maison. Ils te rendront invisible.

Ivy sourit malgré elle et regarda Philip s'éloigner sur la passerelle. Elle attrapa un vieux balai et entreprit de nettoyer la plate-forme en bois, tout en se demandant comment, cette fois, elle parviendrait à jouer son rôle.

Soudain, Philip poussa un cri bref. Ivy pivota sur ses talons et le découvrit, le corps penché au-dessus du vide à cinq mètres du sol. Elle lâcha le balai et se précipita vers lui, convaincue qu'elle ne le rattraperait jamais à temps.

C'est alors que, tout à coup, Philip se remit droit, tomba à quatre pattes sur les planches, et tourna la tête derrière lui. À son expression extatique, Ivy s'arrêta net. Elle l'avait déjà vu dans cet état d'émerveillement, le visage rayonnant d'un plaisir intense, les lèvres entrouvertes en un demi-sourire.

— Que s'est-il passé ? lui demanda-t-elle en s'approchant de lui lentement. Tu as trébuché ?

Philip lui fit non de la tête et souleva le bout d'une latte disjointe.

Ivy s'accroupit pour l'étudier. La passerelle avait été construite sur le modèle d'une promenade miniature, avec deux longues poutres solidement arrimées à chaque arbre, puis recouvertes de traverses clouées. Ces planches transversales dépassaient de leur socle de quelques centimètres. Or celle que Philip venait de soulever n'était plus fixée : d'un côté, Ivy réussit à extraire le clou à main nue ; de l'autre, le clou avait carrément disparu.

— J'ai mis le pied ici, expliqua Philip en indiquant la latte, et ce bout-là s'est soulevé.

— Comme dans un jeu de bascule, déclara Ivy. C'est une chance que tu aies réussi à retrouver ton équilibre.

— C'est une chance que mon ange gardien m'ait aidé à le faire, répondit Philip.

Ivy retint son souffle.

— Parce qu'il aurait très bien pu ne pas se trouver là, poursuivit-il. Remarque, ça n'arrive pas souvent quand tu es avec moi.

Ivy ferma les yeux et secoua la tête.

— Ne t'inquiète pas, il est parti.

— Philip, nous avons déjà parlé de ça. Les anges n'existent pas. Tout ce que tu as n'est qu'un tas de statuettes…

— C'étaient les tiennes, lui fit-il remarquer. Et j'en prends soin.

Ivy sentit des élancements dans la tête et sa gorge se serra.

— Je te l'ai déjà dit, Philip, reprit-elle néanmoins. Je t'ai permis de garder ces statuettes à la condition que tu ne me parles plus jamais d'anges. Tu ne t'en souviens pas ?

Philip baissa les yeux en opinant.

— Tu m'as donné ta promesse, non ?

Philip opina de nouveau.

Avec un long soupir, Ivy arracha la traverse.

— Passe derrière moi, ordonna-t-elle. Je veux vérifier que tout est bien fixé avant qu'on aille plus loin.

— Mais Ivy, insista Philip, j'ai vu mon ange ! Je l'ai

vu appuyer sur l'autre bout de la planche pour que je ne tombe pas ! Je l'ai vu !

Ivy s'assit sur ses talons.

— Laisse-moi deviner, dit-elle en changeant de tactique. Il portait une longue robe, il avait des ailes et une sorte de soucoupe lumineuse autour de la tête.

— Non, lui rétorqua Philip, c'est une forme vague qui brille, c'est tout. Je crois qu'il a un corps et un visage, mais je n'arrive pas bien à les voir.

— Arrête ! s'exclama Ivy, affolée de voir qu'en plus, son frère avait l'air sincère. Arrête ! Je ne veux plus en entendre parler ! Garde tes histoires pour Sammy, d'accord ?

— D'accord, murmura Philip, la mâchoire serrée, les lèvres formant une ligne dure.

Là-dessus, il lui tourna le dos et s'éloigna, seul.

Ivy entreprit malgré tout d'examiner chaque latte. Derrière elle, Philip se mit à balayer la cabane. Soudain, le balai arrêta son mouvement. Ivy tourna la tête. Le visage de Philip rayonnait à nouveau de bonheur. Appuyé sur le manche, il s'était hissé sur la pointe des pieds, le corps étiré, le menton levé.

— Merci, prononça-t-il du bout des lèvres.

Chapitre 4

Ce soir-là, agitée et irritée, Ivy déambula de pièce en pièce. Elle n'avait envie ni d'appeler une amie ni de sortir, mais elle ne savait pas quoi faire de ses dix doigts. Chaque fois qu'elle entendait le carillon de la pendule dans la salle à manger, son esprit repartait malgré elle vers cette journée fatale où Tristan avait trouvé la mort.

Lorsque Maggie et Andrew partirent se coucher, elle monta dans sa chambre pour y lire. Elle aurait bien aimé que Gregory soit là. Ces dernières semaines, ils avaient passé beaucoup de temps à regarder ensemble la télévision, assis côte à côte, à partager des petits gâteaux, à rire de l'absurdité des programmes humoristiques diffusés en deuxième partie de soirée. Ivy se demanda ce qu'il faisait. Il avait dû aider Eric à nettoyer la maison après la fête. Puis ils étaient sans doute sortis. À moins qu'il ne soit allé chez Suzanne.

Ivy songea à l'appeler – mais elle se retint. Pour qui se prenait-elle ? Déranger Suzanne en plein rendez-vous amoureux ?

« Je dépends beaucoup trop de Gregory », se reprocha Ivy.

Elle descendit à pas feutrés dans la cuisine et prit une lampe de poche dans un tiroir. Peut-être un peu de marche l'aiderait-elle à trouver le sommeil et à se libérer de ce sentiment qui la tenaillait. Lorsqu'elle ouvrit la porte de derrière, elle remarqua la BMW de Gregory devant le garage. Il l'avait probablement garée là avant de repartir en moto avec Eric.

L'allée qui descendait à flanc de colline faisait un peu plus de un kilomètre de long. Ivy la suivit jusqu'en bas, puis remonta la côte abrupte d'un pas énergique. Elle finit par ressentir la fatigue physique qu'elle recherchait, mais son esprit restait aussi éveillé et agité que les arbres remués par la brise. Ivy avait la nette impression que son inconscient essayait de se remémorer un événement et ne la laisserait pas en paix tant que son but ne serait pas atteint – sauf qu'elle n'avait aucune idée de quel souvenir il s'agissait.

Le temps qu'elle revienne devant la maison, le vent avait changé de direction et une forte odeur d'humidité balayait la crête. Des éclairs zébraient le ciel à l'ouest, transformant les nuages en imposantes montagnes. Ivy espéra que les éléments se déchaîneraient assez pour l'aider à expulser ce qui s'obstinait à rester prisonnier en elle.

À une heure et demie du matin, elle se coucha. L'orage avait contourné leur côté de la rivière, mais la foudre redoublait d'intensité à l'ouest. Une seconde perturbation menaçait.

Deux heures sonnèrent bientôt et Ivy ne s'était toujours pas endormie. Elle entendit soudain le long sifflet du train de nuit qui traversait le pont avant de poursuivre sa course vers la petite gare en contrebas de leur maison.

« Emmène-moi, murmura-t-elle. Emmène-moi. »

Son esprit s'envola à la suite du sifflement solitaire et Ivy se sentit partir, bercée par le roulement sourd du tonnerre dans les collines au loin.

Peu à peu, le grondement s'amplifia et se rapprocha. Les éclairs vibraient. Le vent se mit à souffler. Les arbres jusque-là s'étaient balancés doucement ; désormais, leurs branches mouillées se fouettaient sous la force des rafales. Ivy écarquilla les yeux. Dans la tempête, elle y voyait à peine, mais elle sentait que quelque chose n'allait pas. Elle ouvrit une porte.

— Qui est là ? cria-t-elle. Qui est là ?

Elle était dehors maintenant. Sous la lumière des éclairs qui zébraient la nuit, elle lutta contre le vent pour s'approcher d'une fenêtre. Animée par les ombres et les reflets, celle-ci semblait avoir pris vie. Ivy distinguait à peine la forme de l'autre côté, mais elle savait que quelque chose ou quelqu'un se trouvait là, et que ce quelque chose ou ce quelqu'un ne lui était pas inconnu.

— Qui est là ? répéta-t-elle en continuant d'avancer.

Elle avait déjà connu une situation similaire, elle en était certaine. Une fois, quelque part, dans un rêve peut-être ? Un sentiment d'effroi s'empara d'elle.

Bien sûr ! Elle dormait, prisonnière de ce cauchemar qui la poursuivait. Elle voulut en sortir. Elle savait bien qu'il se terminait horriblement mal. Elle en avait oublié le déroulement exact, mais pas sa terrible fin.

C'est alors qu'elle entendit une plainte aiguë. Elle pivota sur ses talons. Le bruit enfla jusqu'à engloutir le hurlement du vent. Une Harley Davidson rouge se ruait sur elle en rugissant.

— Arrêtez ! Je vous en prie, arrêtez ! hurla Ivy. À l'aide ! Je veux sortir de ce rêve !

Le motocycliste hésita, puis fit ronfler son moteur, accéléra et disparut.

Ivy se retourna vers la fenêtre. La silhouette y était toujours. Lui faisait-elle signe ? Qui était-ce ? Ivy colla son nez à la vitre. Brusquement, celle-ci explosa. Ivy poussa un cri, puis un autre, et un autre encore tandis qu'un daim ensanglanté s'écrasait sur le verre brisé.

— Ivy ! Ivy, réveille-toi !

Gregory la secouait.

— Ivy, tu fais un cauchemar. Réveille-toi !

Il était encore habillé. Philip se tenait derrière lui, tel un fantôme dans son pyjama de couleur pâle.

Ivy les regarda tour à tour, puis s'abandonna contre Gregory. Il l'enveloppa de ses bras.

— Tu as revu ce daim ? lui demanda Philip. Le daim qui s'écrase sur ta vitre ?

Ivy opina tout en refoulant plusieurs sanglots. L'étreinte ferme de Gregory la réconforta.

— Je suis désolée de t'avoir réveillé, Philip, dit-elle à son frère.

— Ce n'est pas grave.

Ivy s'efforça de calmer ses mains tremblantes. « Gregory est rentré, se dit-elle. Tout ira bien. »

— J'aimerais tant que ça cesse. Je ne voulais vraiment pas te faire peur, Philip, reprit-elle.

— Je n'ai pas peur, lui répondit-il.

Ivy leva les yeux. Philip arborait un visage parfaitement paisible.

— Les anges étaient dans ma chambre, ajouta-t-il.

— Eh bien, retourne avec eux, lança Gregory, dont Ivy sentit les muscles se contracter. Vas-y !

— C'est bon, Gregory, intervint Ivy d'une voix résignée. Laisse Philip tranquille. Il fait de son mieux.

— Oui, en te rendant la vie encore plus compliquée, protesta Gregory. Tu ne comprends donc pas, Philip ? J'ai essayé de t'expliquer un million de fois que...

Il s'interrompit. Lui aussi venait de la remarquer, cette lueur dans les yeux de Philip, cette certitude dans son expression. L'espace d'un instant, sa volonté sembla l'emporter sur celles d'Ivy et de Gregory réunies. Philip ne renoncerait jamais à sa croyance. Ivy se surprit à regretter d'avoir perdu cette naïveté qui donne tant de force aux enfants.

Dans un soupir, Gregory déclara :

— Je peux m'occuper de ta sœur. Repars dormir, Philip. N'oublie pas que la journée sera longue demain... On va voir les Yankees, tu te souviens ?

Philip jeta un coup d'œil vers Ivy, qui hocha la tête en signe d'assentiment. C'est alors qu'il porta son regard au-delà d'elle et de Gregory et d'une façon telle qu'instinctivement, Ivy se tourna. Il n'y avait rien.

— Tout ira bien, affirma Philip d'un ton assuré avant de quitter la chambre à petits pas pressés.

Ivy se blottit contre Gregory qui, de nouveau, l'enlaça. Ses mains étaient douces et tendres. Il repoussa ses cheveux en arrière et souleva son menton vers lui.

— Comment te sens-tu ? lui demanda-t-il.

— Disons que ça va.

— Tu n'arrives pas à te débarrasser de ce cauchemar, n'est-ce pas ?

L'inquiétude de Gregory était palpable. Ivy se rendit compte qu'il scrutait son visage pour essayer d'y lire ce qu'elle ressentait.

— Il était différent cette fois, lui répondit-elle. C'était la même histoire, mais avec de nouvelles images.

La ride d'inquiétude sur le front de Gregory se creusa.

— Quelles nouvelles images ?

— Un orage. Avec les mêmes reflets et les mêmes ombres que d'habitude sur cette fenêtre, sauf que, cette fois, j'ai compris que c'était la tempête que j'y percevais, les branches des arbres qui s'y balançaient, les éclairs qui s'y reflétaient. Et puis, j'ai vu une moto aussi.

Ivy avait peine à s'expliquer pourquoi cette Harley Davidson l'emplissait d'un tel sentiment de terreur, car elle apparaissait dans la partie la plus ordinaire du cauchemar. Le motocycliste ne lui avait fait aucun mal. Il avait simplement refusé de l'aider.

— Elle était rouge et elle est arrivée à toute allure, poursuivit Ivy. J'ai hélé son conducteur dans l'espoir qu'il s'arrêterait pour m'aider. Il a ralenti un moment et a passé son chemin.

— Je crois que j'ai une explication, dit Gregory en caressant la joue d'Ivy dont il tenait le visage serré contre lui. Eric vient de me déposer ici. Il a une Harley, tu l'as déjà vue d'ailleurs. Ton inconscient a dû l'entendre et elle s'est intégrée dans ton rêve.

— Non. À mon avis, ce n'est pas aussi simple que ça, répondit Ivy calmement.

La main de Gregory s'arrêta dans son mouvement.

— Tu te souviens de cette tempête le soir où ta mère s'est... est morte ? lui demanda Ivy.

— S'est tuée ? Oui, rectifia-t-il sans aucune hésitation.

— Tu sais que j'étais dans son quartier pour livrer une commande à une cliente de la boutique ?

— Oui.

— Je crois que cet épisode fait aussi partie de mon rêve. J'avais oublié cette soirée-là. Je pensais depuis le début que mon cauchemar ne concernait que Tristan et l'accident, le daim qui s'est écrasé contre le pare-brise, le verre qui a explosé sous son poids. Mais il n'y a pas que ça.

Ivy s'interrompit pour réfléchir.

— Pour une raison ou une autre, mon rêve relie ces deux événements, reprit-elle. Le soir où ta mère est morte, je me suis perdue dans son quartier. À un moment, je suis descendue de voiture pour vérifier un panneau et une moto rouge est arrivée. Le conducteur a vu que je lui faisais un signe pour qu'il s'arrête. Il a hésité, et puis il est passé devant moi en accélérant.

Ivy sentit sur son front le souffle rapide de Gregory et, dans sa poitrine, les battements précipités de son cœur.

— J'ai fini par trouver la bonne rue, mais j'hésitais encore entre deux maisons. L'une d'elles avait une grande baie vitrée dans laquelle je suis sûre d'avoir vu quelqu'un, si ce n'est qu'avec les reflets, je n'ai pas distingué les détails. Je me suis dit que c'était peut-être la personne qui attendait ma livraison. À ce moment-là, la porte de la maison voisine s'est ouverte et une femme m'a appelée. C'était elle qui avait passé la commande.

Ivy s'étonna d'avoir soudain retrouvé la mémoire de cette fameuse soirée.

— Réfléchis, Gregory. En fait, cette baie vitrée est la fenêtre que je vois dans mon rêve et à travers laquelle j'essaie de regarder. Ce que je ne comprends pas, c'est pourquoi.

— Est-ce que tu crois qu'Eric conduisait la moto ? demanda Gregory.

Ivy haussa les épaules.

— Elle était rouge, c'est vrai, et le conducteur avait un casque rouge aussi. Mais beaucoup de personnes aiment cette couleur. En plus, Eric se serait arrêté, non ?

Gregory resta muet.

— Peut-être que non, en conclut Ivy. C'est vrai qu'il ne m'apprécie pas beaucoup, ajouta-t-elle rapidement.

— Eric n'apprécie pas grand monde, déclara Gregory. Je ne connais qu'une personne qu'il ait vraiment aimée. Quant aux autres, il n'hésite pas à leur rendre la vie difficile.

Ivy leva vers lui des yeux surpris. Elle ne savait pas que Gregory voyait son ami avec tant de clarté.

Pourtant, il lui restait fidèle, aussi fidèle qu'il l'était devenu avec elle.

Cette pensée rassura Ivy. Elle continua de se détendre et la torpeur la gagna. Toutefois, elle répugnait à abandonner la chaleur de Gregory et le confort de ses bras.

— Comme c'est étrange que j'associe le décès de ta mère et celui de Tristan ! reprit-elle alors. Tu ne trouves pas ?

— Pas vraiment, lui répondit Gregory. Récemment, on a beaucoup souffert, toi et moi, et on se soutient mutuellement. Donc, ça ne me paraît pas anormal du tout.

Il leva le visage d'Ivy vers le sien et plongea son regard dans ses yeux.

— Tu ne crois pas ? lui demanda-t-il.

— Tu as peut-être raison.

— Il te manque beaucoup, n'est-ce pas ? Tu ne peux pas t'empêcher de penser à lui ?

Ivy baissa la tête et sourit à travers ses larmes.

— Non, mais il ne faut pas que j'oublie la chance que j'ai d'avoir trouvé un ami comme toi, qui me comprend vraiment.

— C'est mieux que les films sortis à Hollywood cet été, déclara Lacey.

— Qui t'a demandé de venir ici ? protesta Tristan.

Il regardait Ivy dormir, assis au bord de son lit, et il avait perdu la notion du temps. Gregory avait fini par repartir dans sa chambre. Ivy s'était assoupie et semblait enfin paisible.

Tristan avait essayé de faire le point sur la situation,

tout en s'efforçant de rester conscient. Le trou noir dans lequel il tombait souvent ne l'avait pas englouti récemment. Ces périodes de ténèbres se raréfiaient, car il savait désormais les anticiper. Pour cela, il avait appris à se reposer régulièrement. Toutefois, ce soir-là, malgré sa fatigue, il n'avait pu se résoudre à quitter Ivy. Il avait si peu d'occasions de la veiller dans le silence de la nuit.

L'intrusion de Lacey l'irrita donc au plus haut point.

— C'est Philip qui m'a envoyée, lui annonça-t-elle.

— Philip ? Comment ça ?

— J'ai trouvé une statuette de joueur de base-ball ailé à Manhattan, l'ange gardien parfait.

Elle battit des bras d'une manière théâtrale.

— Je l'ai achetée pour lui.

— Tu veux dire que tu l'as volée ?

— Comment veux-tu que je la paie ? lui rétorqua-t-elle. Enfin, peu importe. Je voulais juste la déposer sur son lit. Mais Philip a remarqué ma lumière et m'a indiqué cette chambre du doigt. Il a sûrement pensé que sa sœur avait besoin d'aide.

— Ça fait longtemps que tu es là ? lui demanda Tristan.

— Je suis arrivée au moment où Gregory repoussait les cheveux d'Ivy et levait son menton vers le sien.

— Tu l'as vu faire ?

— Je te dis, Hollywood l'embaucherait sur-le-champ. Il a une gestuelle innée.

Tristan accueillit la remarque de Lacey avec soulagement et effroi. D'un côté, il voulait que Gregory continue de réconforter Ivy de ses gestes affectueux

– à partir du moment où ils restaient dans le domaine du jeu romantique et que rien de sérieux ne se passait entre eux. D'un autre, il redoutait que la tendresse affichée par Gregory ne dissimule un dessein obscur.

— Donc, tu as tout entendu, insista Tristan. Tu es ici depuis le début.

— Ouais… lui répondit Lacey en se perchant sur la tête de lit juste au-dessus d'Ivy.

Ses yeux marron étincelaient comme des boutons brillants et ses piques de cheveux au reflet magenta paraissaient pâles et duveteuses au clair de lune.

— Je n'ai pas osé te déranger. Tu avais l'air si concentré, déclara-t-elle. En plus, je me suis dit que tu souhaitais être seul.

Tristan inclina la tête.

— Et que me vaut cette délicatesse soudaine de ta part ? Tu as fini ta mission ? Tu es venue me dire au revoir ?

— Fini ma mission ?!

Lacey faillit s'étrangler de surprise.

— Euh… non, reprit-elle en détournant les yeux de Tristan. À mon avis, je ne suis pas près de passer dans la case suivante.

— Oh !… murmura Tristan. Qu'est-ce qui t'est arrivé ?

— Je vais peut-être m'abstenir de te raconter. De toute façon, à mon avis, ce sera dans les journaux demain.

— Si je comprends bien, tu es revenue pour essayer de *rattraper* des points.

— Profite de mon aide tant que je peux la donner…

Tristan sourit brièvement.

— Tu es vraiment inquiet, s'étonna-t-elle en posant un de ses longs ongles sur les lèvres de Tristan.

— Puisque tu étais là, tu as entendu comme moi la description de son rêve, lança Tristan. C'est assez clair : il y a un lien entre la mort de Caroline et la mienne.

— Parle-moi de cette Caroline. Comment a-t-elle fait pour casser sa pipe ? lui demanda Lacey.

— Elle s'est tiré une balle dans la tête.

— Ils sont sûrs que c'était un suicide ?

— La police n'a trouvé que ses empreintes sur le revolver, et ses doigts étaient encore accrochés à l'arme. Elle n'a laissé aucun mot. Par contre, ils ont retrouvé des photos déchirées du père de Gregory et de la mère d'Ivy autour de son cadavre.

D'un bond, Lacey sauta à bas de la tête de lit et se mit à faire les cent pas.

— Je suppose que quelqu'un aurait pu maquiller un meurtre en suicide, dit Tristan lentement. Ivy se trouvait dans le quartier ce soir-là. Elle a peut-être vu quelque chose. Et si elle avait assisté à une scène qu'elle n'aurait jamais dû voir… sans même s'en rendre compte ? s'exclama-t-il.

— Est-ce que je t'ai déjà dit que j'avais joué dans *Perry Mason* ? lui demanda soudain Lacey. Raymond Burr est mort maintenant.

— Il me faut l'adresse de la mère de Gregory, décida Tristan, et celle où Ivy a effectué sa livraison.

— Dès que j'ai vu son avis de décès, j'ai cherché Raymond partout, poursuivit Lacey, partie sur cet autre sujet.

— Lacey, je te parle.

— J'étais sûre qu'on lui attribuerait une mission.

— Lacey, écoute-moi.

— Je me suis dit qu'on pourrait traîner ensemble.

— Lacey ! hurla Tristan.

— C'est vrai, Raymond ferait un ange formidable.

Tristan se prit la tête dans les mains. Il avait besoin de calme et de temps pour réfléchir à la situation et trouver le moyen de protéger Ivy. Lacey était incorrigible.

— Mais, apparemment, ils l'ont envoyé tout droit à la case arrivée, continua-t-elle.

— Oui, sans doute, balbutia Tristan.

Il sentait son esprit s'embrumer. Il allait devoir se reposer.

— Tu ne peux pas savoir comme j'ai été déçue !

— Je le sais maintenant, lui fit remarquer Tristan, de plus en plus las.

— Raymond m'a dit un jour qu'il n'oublierait jamais l'épisode qu'on avait tourné tous les deux.

« Il y a probablement beaucoup de raisons à ça », songea Tristan.

— Raymond a toujours apprécié mon talent…

Ivy était en danger, Tristan ne savait pas comment la prévenir ni contre qui la mettre en garde, et Lacey n'en finissait plus avec son acteur mort.

— Bref, ce que j'essayais de te dire, reprit-elle alors, c'est que je peux sans doute t'aider.

Tristan écarquilla les yeux.

— Tu peux m'aider parce que tu as joué un second rôle dans un épisode où un autre acteur prétendait être un avocat qui élucidait des crimes à la télévision ?

— Si tu le prends sur ce ton, tu te passeras de moi !

Elle se dirigea vers la porte à grands pas, puis s'immobilisa dans une pose théâtrale avant de tourner la tête vers Tristan.

Lui aurait bien aimé qu'elle poursuive son chemin. La chambre s'emplissait des toutes premières lueurs du jour, les oiseaux commençaient à s'éveiller et leurs gazouillis hésitants se propageaient d'arbre en arbre. Tristan voulait passer ces dernières minutes de paix seul avec Ivy. Il se tourna vers elle. Il avait tellement envie de la toucher !

— Si j'étais toi, je ne m'y risquerais pas, lui fit remarquer Lacey.

— Tu ne sais pas ce que je vais faire, lui rétorqua Tristan.

— Oh ! ce n'est pas difficile à deviner. Mais tu es trop fatigué pour ça.

— Laisse-moi tranquille, Lacey.

— Simple conseil d'ami.

— Laisse-moi !

Cette fois, Lacey l'écouta et disparut.

Enfin seul, Tristan tendit la main. Ivy dormait toujours paisiblement. Il rêvait de la toucher, de sentir sa chaleur, de goûter la douceur de sa peau. Il rassembla toutes ses forces et concentra son attention sur le bout de ses doigts. Il savait qu'il était fatigué, épuisé même, mais il mobilisa ce qui lui restait d'énergie. L'extrémité de ses doigts cessa de miroiter. Ils s'étaient matérialisés.

Lentement, doucement, il caressa la joue d'Ivy, émerveillé par le contact avec sa peau soyeuse. Puis il suivit le tracé de ses lèvres.

Comme il aurait aimé les embrasser ! Comme il aurait aimé tenir Ivy, la serrer tout entière dans ses bras...

Mais il perdait déjà le contact. Il approcha encore la main. En vain.

— Non ! s'écria-t-il.

Il eut l'impression de mourir une seconde fois. La douleur de perdre à nouveau Ivy était si vive, si insupportable, que lorsque les ténèbres l'engloutirent, il se rendit sans résister.

Chapitre 5

— Salut, l'endormi ! dit une voix féminine en s'asseyant sur un banc.

Soudain ramené à la réalité, Tristan fit un bond. Il avait émergé du trou noir quinze minutes plus tôt et s'était immédiatement lancé à la recherche d'Ivy, qu'il avait retrouvée aux Quatre Saisons. Il s'efforçait depuis de rassembler les fragments du rêve qu'elle avait raconté et de leur trouver une signification. Mais il avait encore l'esprit confus.

— Tu sais quel jour on est ? lui demanda Lacey en riant.

— Euh... lundi.

— Bzzz...

Lacey s'amusait toujours à imiter ce signal sonore utilisé dans les jeux télévisés pour indiquer les mauvaises réponses. Elle tapota le banc de la main pour inviter Tristan à s'asseoir à ses côtés.

— Si, on est lundi, insista-t-il. Quand je suis arrivé dans le centre commercial, j'ai vérifié les journaux, comme tu m'as appris à le faire.

— Tu aurais peut-être dû regarder le plus récent, lui fit remarquer Lacey. On est mardi, et il est presque une heure de l'après-midi. Ivy devrait prendre sa pause bientôt.

Tristan tourna son attention vers la boutique. Ivy s'occupait de deux clients, un vieil homme chauve qui essayait une cape de Superman, et une grand-mère affublée d'oreilles de lapin qui tenait un panier rose à la main. Le spectacle était pour le moins surprenant. Tristan savait que Les Quatre Saisons regorgeait de déguisements et d'articles étranges, presque tous démodés, liés aux différentes fêtes de l'année. Toutefois, il sortait à peine des ténèbres. Aussi, lorsqu'une énorme femme vint s'asseoir sur lui avec sa tasse de café et son bagel, son état de confusion ne fit que s'aggraver.

Lacey lui tapota le bras.

— Je savais que tu serais trop fatigué. Je t'avais prévenu...

— Pousse-toi, grommela-t-il.

Le poids de l'inconnue qui s'était installée sur lui ne le dérangeait pas puisqu'il ne le sentait pas, en revanche, les vagues de tissu rayé de sa robe extralarge le gênaient bel et bien.

Lacey se glissa vers le bout du banc et Tristan se dégagea de sous la dame.

— J'ai quelque chose à te dire, reprit Lacey. Pendant que tu dormais, j'ai travaillé.

— C'est ce que j'ai cru comprendre, répondit Tristan.

Il avait lu dans le journal du lundi qu'une foule s'était rassemblée pour prier à Times Square, car Barbra Streisand, en photo sur un panneau d'affichage électronique, s'était soudain transformée en un petit ange rond et rose qui avait pris vie et effectué plusieurs vols planés au-dessus de la place avant de repartir dans son poster.

— Ton « travail » n'aurait-il pas causé quelques embouteillages sur la 42e Rue ? demanda-t-il à Lacey.

Celle-ci balaya la remarque d'un geste de la main.

— Barbra Streisand n'a-t-elle pas prévu d'intenter un procès, et les taxis de New York...

— Barbra n'avait qu'à pas déclarer que je gloussais comme un dindon. Je ne dis pas que quelques heures de travail sur ma voix n'auraient pas été bénéfiques...

— Lacey, tu n'arriveras jamais à achever ta mission !

— Ma mission ? Pour l'instant, je t'aide avec la tienne, lança-t-elle en se levant d'un bond.

Tristan lui emboîta le pas avec lassitude.

— Dimanche, je suis allée voir la mère de Gregory au cimetière, annonça Lacey tout en se mêlant aux clients du centre commercial. Il y avait déjà quelqu'un quand je suis arrivée, un homme, grand, mince, aux cheveux noirs. La quarantaine, je dirais. Il avait apporté des fleurs à Caroline.

— Je l'ai déjà vu, dit Tristan. Le jour où on est entrés dans la chapelle.

Tristan se souvenait de ce visiteur qu'il avait pris,

de dos, pour Gregory, et dont le visage, lorsqu'il s'était retourné, lui était apparu rongé par l'angoisse.

— C'est qui ?

— Je n'en sais rien.

Tandis que Lacey avançait au pas de charge, Tristan se retourna vers Les Quatre Saisons avec un regard languissant.

— Il faut qu'on se renseigne, poursuivit Lacey. Il pourra peut-être nous aider.

— Nous aider à quoi ? s'étonna Tristan.

— À comprendre ce qui s'est passé le soir où Caroline est morte.

Ils s'arrêtèrent enfin devant une fontaine où les jets d'eau retombaient dans le bassin en gouttelettes roses et bleues. Un jour, Tristan y avait fait le souhait qu'Ivy apprenne à l'aimer.

— J'ai cherché l'adresse de Caroline dans le bottin, reprit Lacey. Elle habitait au 528 Willow Street. J'ai noté la date de sa mort inscrite sur sa tombe et, ce matin, je suis venue vérifier le cahier des commandes à la boutique.

Elle s'interrompit et posa sur Tristan des yeux pleins d'espoir. Comme il ne disait rien, elle annonça d'un ton théâtral :

— Lacey, tu es un ange ! Je te remercie pour ton aide.

Son humour laissa Tristan de marbre.

— Qu'est-ce que tu as découvert ? se contenta-t-il de lui demander.

— Que Lillian et sa sœur n'ont pas la moindre idée de la façon dont on tient les comptes d'une entreprise. Mais, à force de fouiller et de farfouiller, j'ai réussi à trouver ce que je cherchais : Ivy a effectué une livraison le 28 mai chez Mme Abromaitis, sur Willow Street. Comme il n'y avait pas de numéro, là encore, j'ai vérifié dans l'annuaire. Et tu sais quoi ? Elle habite au 530.

— Juste à côté... souffla Tristan, gagné par la peur. Je m'en doutais. Ivy a donc bien vu quelque chose.

— Oui, c'est fort possible, confirma Lacey.

Là-dessus, elle repêcha un centime qu'une femme venait de jeter dans la fontaine et, d'une chiquenaude, le relança dans sa direction. La femme le regarda atterrir à ses pieds avec des yeux écarquillés. Puis elle s'empressa de le ramasser et se débarrassa au plus vite de la pièce porte-malheur dans un pot de fougère.

— Il devait y avoir quelqu'un chez Caroline, poursuivit Tristan. Ce n'était pas un suicide.

— Ça, rien ne le prouve, lui répliqua Lacey. Caroline a très bien pu se tuer juste avant que ce quelqu'un arrive pour prendre ou pour cacher quelque chose chez elle. Alors qui sait ce qu'Ivy a pu voir...

— Ce qui est sûr, c'est qu'elle en a trop vu sans le savoir. Lacey, il faut absolument que j'entre en contact avec elle !

— J'avais plutôt dans l'idée d'aller inspecter la maison de Caroline.

— Non, je dois prévenir Ivy maintenant !

— J'ai appris à faire des perquisitions dans *Perry Mason*, insista Lacey en le prenant par le bras pour l'entraîner loin des Quatre Saisons.

Mais Tristan résistait, et il était plus fort qu'elle.

— Tristan, écoute-moi ! s'écria-t-elle alors. Tu n'arriveras pas à la protéger ! Tu n'as pas ce genre de pouvoirs. Moi non plus, d'ailleurs. Le mieux que tu pourras faire, c'est de combiner ton énergie à la force d'une tierce personne. Mais si quelqu'un essaie de faire du mal à Ivy, seul, tu ne seras pas à même de la défendre.

Tristan resta pétrifié. Il n'avait jamais eu peur pour sa vie comme il avait peur pour celle d'Ivy en cet instant.

— Tant qu'il y a du monde autour d'elle, elle ne risque rien, essaya de le rassurer Lacey. Tu l'aideras davantage en venant voir cette maison avec moi.

— Dès qu'elle prendra sa voiture ce soir, elle sera seule, lui fit remarquer Tristan. Dès qu'elle ira marcher, ou qu'elle montera dans son salon de musique, elle sera en danger.

— Elle ne vit pas seule ! rectifia Lacey. À mon avis, elle ne risque rien chez elle. Il vaut mieux qu'on essaie de découvrir de qui elle doit se méfier, et puis…

Lacey s'interrompit. Beth et Suzanne venaient d'entrer dans le centre commercial et Tristan avait aussitôt tourné les talons pour les suivre. Il était quasi certain qu'elles allaient déjeuner avec Ivy. Cette fois, il réussirait à lui faire passer un message.

Ivy se tenait à l'entrée des Quatre Saisons et, l'espace d'une seconde, Tristan oublia qu'elle ne voyait que ses deux amies. Elle arborait un tel sourire qu'il se précipita vers elle, avant de se rendre compte que cet accueil chaleureux ne s'adressait qu'à Suzanne et à Beth. Terrassé par la douleur d'être si près d'Ivy, et pourtant si loin, Tristan s'arrêta en pleine course. Il ne s'habituait pas à sa nouvelle réalité.

— Prenez votre temps, lança Lillian aux trois filles. Il n'y a pas grand monde aujourd'hui. Allez faire les magasins ! Vous me direz ce que vous pensez de la nouvelle boutique de cadeaux. Je vous parie qu'ils n'ont pas de carillons fluorescents !

— En forme de fée ou de farfadet, ça m'étonnerait effectivement, déclara Beth d'un air absent.

Chaque fois qu'elle entrait aux Quatre Saisons, elle se figeait et son visage se couvrait d'une expression d'étonnement. Suzanne finissait toujours par être obligée de la traîner hors de la boutique.

Tristan emboîta le pas aux trois amies. Mais, très vite, il trépigna d'impatience. Elles avançaient lentement, s'arrêtaient devant chaque vitrine. Lui n'avait qu'une idée en tête : que Beth s'assoie quelque part, n'importe où, pourvu qu'elle prenne son carnet et qu'il puisse commencer à lui dicter son message. Aussi, lorsque les trois amies décidèrent d'entrer dans la parfumerie Belles et Bien, il désespéra. Elles ne viendraient jamais à bout de tous les flacons, tubes et petits pots qui s'y trouvaient !

Il faisait les cent pas devant le magasin lorsqu'il heurta Lacey de plein fouet. Il ne l'avait pas vue arriver.

— Du calme, Tristan, lui dit-elle. À moins qu'on essaie de lui planter une lime à ongles dans le corps, ton Ivy ne risque rien ici.

Là-dessus, tout aussi hypnotisée que les autres par les centaines de couleurs exposées – qui, aux yeux de Tristan, ne formaient qu'une vague masse rose-rouge –, Lacey lui tourna le dos et entra dans la parfumerie. Tristan se demanda si, une fois passé dans son dernier royaume, on lui expliquerait enfin comment fonctionnait l'esprit des filles.

Suzanne, dont le bras était maintenant entièrement zébré de traits de rouge à lèvres, parlait à Beth et Ivy d'un mariage à Philadelphie auquel elle était invitée le week-end suivant.

— Dommage que tu ne viennes pas avec nous, dit-elle à Ivy. J'ai montré ta photo à mon cousin et il est drôlement intéressé. Il serait parfait pour toi.

« Formidable, Suzanne, merci », songea Tristan.

— Ah bon ? Tu as finalement décidé de passer le week-end au lac ? lança Beth à Ivy en essayant un bonnet de douche qui ressemblait à un champignon argenté.

— Au lac ? s'étonna Suzanne. Elle reste chez elle avec toi !

— Suzanne, se renfrogna Beth, tu sais bien que je ne peux pas rater ma réunion de famille. Je pensais qu'Ivy t'accompagnait à Philly !

Ivy avait tourné discrètement les talons.

— Ivy… la rappela Suzanne.

— Quoi ? murmura cette dernière en feignant d'étudier le contenu d'une corbeille remplie de barrettes.

— Qu'est-ce que tu fais ce week-end ?

— Je reste à la maison.

Suzanne haussa ses sourcils noirs parfaitement dessinés.

— Ta mère est d'accord ?

— Oui, puisque je lui ai dit que vous seriez avec moi. Et vous n'avez pas intérêt à vendre la mèche, ajouta Ivy.

Lacey jeta un coup d'œil vers Tristan.

— Je ne vois pas où est le problème, poursuivit Ivy. J'ai envie d'avoir la maison à moi toute seule, pour une fois. Ça me laissera le temps de répéter pour le festival et Ella me tiendra compagnie.

« Ella ne peut pas te protéger ! » s'exclama Tristan.

— L'idée que tu passes tout le week-end à déprimer ne me plaît pas, grommela Suzanne.

— Sans compter que cette maison est trop grande et trop isolée, renchérit Beth.

« Ivy, écoute-les », implora Tristan.

— Je vous l'ai déjà dit, je n'irai pas au lac Juniper ! s'exclama Ivy. Je ne peux pas !

— Pourquoi ? Il est lié à Tristan ? soupçonna Suzanne.

— Je ne veux pas en parler, lui rétorqua Ivy.

Oui, ce lac était bien lié à lui. Tristan se souvenait parfaitement des projets qu'ils avaient faits tous les deux le soir de sa mort. Ivy lui avait demandé de l'y conduire. Elle s'était mis en tête de faire la planche au beau milieu.

« Sous le soleil et à la lueur de la lune aussi, avait-elle précisé.

— La lune ? s'était étonné Tristan. Tu nagerais dans le noir ?

— Avec toi, oui. »

Tristan sentit la main de Lacey sur son bras.

— Tu as raison, il faut que tu lui parles, déclara-t-elle.

Tous deux suivirent les trois amies hors de la parfumerie. Tristan avait très envie de se glisser dans l'esprit de Beth séance tenante, pour la guider vers une table où elle pourrait enfin sortir son bloc-notes. Mais il se retint. S'il la submergeait d'instructions, elle risquait de se braquer.

C'est alors que Beth s'arrêta devant Le Magicien de l'électronique. Tristan suivit son regard vers les ordinateurs présentés à l'intérieur du magasin.

— Regarde-la, mais regarde-la ! s'exclama Suzanne en poussant Ivy du coude. On dirait qu'elle lorgne des garçons.

— Pff... je viens seulement de voir le portable que je veux, soupira Beth.

Aussitôt, Lacey s'approcha d'elle. Tristan remarqua que le bout de ses doigts ne brillait plus. Elle poussa Beth d'un coup sec. Celle-ci trébucha et passa la porte du magasin en se retournant d'un air surpris vers Suzanne et Ivy. Tout aussi surprises qu'elle, ses deux amies la suivirent, Tristan et Lacey sur les talons.

— Je peux vous renseigner ? leur demanda un vendeur.

— Euh... je regarde juste pour l'instant, merci, répondit Beth en rougissant. Remarquez, est-ce qu'il est possible d'essayer les modèles exposés ?

Le vendeur l'y invita d'un geste de la main, puis s'éloigna.

— À toi, dit Lacey à Tristan.

Beth ouvrit un programme de traitement de texte. Tristan, qui n'avait pas grande expérience des ordinateurs, se concentra. Lacey lui avait enseigné que, pour se glisser dans l'esprit d'un hôte, il fallait être capable de l'accompagner en pensée.

Aussi, il se demanda ce que voyait un écrivain assis devant un écran vide. Un écran de cinéma qu'on peut remplir de visages ? Un ciel nocturne en haut duquel une petite étoile scintille ? Un univers qui s'offre à son écriture ? Les possibilités étaient multiples.

Tout comme les méandres infinis de l'amour – et ses mirages.

Mirages,

tapota soudain Beth sur le clavier, avant de poursuivre :

Que voyait-elle lorsqu'elle regardait chaque soir l'écran
noir et solitaire du ciel ?
Des possibilités. Les méandres infinis de l'amour
et, ô pauvre cœur ! tous ses mirages.

« Alors ça ! » se dit Tristan.

« *Alors ça !* » tapa Beth, avant de cligner les yeux de surprise.

— Reste avec elle, Tristan, l'encouragea Lacey. Reste concentré.

« Repars en arrière. Ajoute *Ô pauvre cœur solitaire !* » souffla Tristan.

« *Ô pauvre cœur solitaire !* » tapa Beth.

Elle leva les doigts du clavier. Ni elle ni lui n'avaient plus d'idée. Au bout de quelques secondes, Tristan trouva un enchaînement : « Tu ne devrais pas rester seule à la maison. »

« *Tu ne devrais pas rester seule à la maison* », tapa Beth.

« Ce n'est pas sûr. »

« *Ce n'est pas sûr* », transcrivit Beth.

Mais avant que Tristan puisse poursuivre, Beth s'empara du sujet :

« Mon cœur est-il en sécurité, si je reste seule avec lui ? »

« Non », songea Tristan.

« *Oui* », écrivit Beth.

« Non ! » s'insurgea Tristan.

« *Oui !* »

« Non !! »

« *Oui !!* » martela Beth, le front plissé.

Tristan soupira. Évidemment ! Beth voulait que son histoire d'amour fonctionne et que son héroïne, qui contemplait le ciel nocturne, ne soit plus jamais seule. Comment pouvait-elle savoir que Tristan voulait mettre Ivy en garde ?

— Qu'est-ce qui t'arrive ? demanda cette dernière.

— J'ai à nouveau cette drôle d'impression dans ma tête, lui répondit Beth. C'est vraiment bizarre, comme si quelqu'un parlait dans mon cerveau.

— Alors vous, les écrivains, vous êtes étranges ! s'exclama Suzanne.

Ivy se pencha vers l'écran.

— Non. Oui. Non ! Oui ! Non !! Oui !! lut-elle à voix haute, avant de s'esclaffer, d'un rire un peu triste cependant. C'est un peu le discours que je tenais quand j'ai rencontré Tristan, ajouta-t-elle.

« *C'est Tristan* », tapa Beth rapidement.

Le sourire d'Ivy s'effaça.

Les pensées de Tristan s'emballèrent et Beth suivit la cadence.

« Ivy, fais attention. Ne reste pas seule. C'est dangereux. Je t'aime, Tristan ».

Ivy se redressa d'un coup.

— Ce n'est franchement pas drôle, Beth ! C'est stupide, et méchant !

Beth fixait l'écran, bouche bée, incrédule. Suzanne se pencha à son tour.

— Beth ! s'exclama-t-elle. Qu'est-ce qui te prend ? Ivy, attends !

Mais Ivy était déjà presque sortie du magasin. Suzanne s'élança à sa poursuite, tandis que Beth restait figée, en état de choc. Épuisé, Tristan quitta son esprit.

— Vous voulez imprimer ce que vous avez écrit ? demanda le vendeur en s'approchant de Beth.

Comme un robot, Beth cliqua sur la commande « Ne pas enregistrer ». Les larmes aux yeux, elle répondit au vendeur :

— Non, merci, ça ira.

Chaque effort que Tristan avait fait tout au long de la semaine pour atteindre Ivy s'était soldé par un échec. Pis encore, ces tentatives pour se rapprocher d'elle avaient eu pour effet de l'éloigner, de lui et de ceux qui se souciaient de son sort. Désormais, elle évitait Beth, et Philip aussi, depuis qu'il lui avait dit que son ange lui recommandait de ne pas rester seule. Tristan aurait pu essayer de lui parler à travers Will, mais il savait qu'elle n'en élèverait qu'un mur de défense encore plus haut.

Le jeudi, Tristan se rendit au cimetière de Riverstone Rise. Il voulait y prendre assez de repos pour pouvoir conjurer les ténèbres jusqu'au dimanche soir et veiller ainsi sur Ivy sans interruption tout au long du week-end. Il se dirigeait vers sa propre tombe, lorsqu'il décida soudain de faire un détour par celle de Caroline. Il se demandait si l'on y avait déposé des roses fraîches. Lacey avait raison : il était important d'identifier le visiteur inconnu et d'établir ce qu'il savait sur la mort de Caroline.

Tristan avança à pas de loup, comme s'il avait encore été en vie et qu'il ait redouté de tirer les morts de leur sommeil paisible. Sous la lune, le cimetière ressemblait à une ville austère : les obélisques s'élevaient tels des gratte-ciel et les mausolées trônaient comme de grandes demeures, tandis que pierres basses arrondies et blocs rectangulaires délimitaient les secteurs où reposaient les gens ordinaires. Tristan avait devant lui un étrange paysage pétrifié, la ville des morts – « ma ville », pensa-t-il avec amertume.

Il arriva en vue de la pierre tombale qui marquait le coin du caveau familial des Baines. Ce dernier, parfaitement tenu, était entouré de grandes statues ornées. Tristan s'approcha, troublé par le sentiment que celles-ci le surveillaient. Une fois parvenu derrière la tombe de Caroline, il la longea par le côté et, aussitôt, se figea. Adossé contre la stèle se trouvait Eric. Bras et jambes avachis sur l'herbe, il avait la tête tournée, la joue plaquée contre la pierre. L'espace d'un instant, Tristan se demanda s'il respirait. Il se baissa pour vérifier et remarqua alors que les yeux pâles d'Eric étaient ouverts, leurs pupilles dilatées comme si elles avaient voulu engloutir la nuit.

Il respirait doucement et marmonnait – un discours inintelligible pour qui n'était pas sous l'emprise de la drogue. Tristan se demanda ce qu'Eric était capable de faire dans cet état. Pouvait-il se lever, marcher ?

Lui était-il arrivé dans ces périodes de confusion de commettre des actes qu'il avait regrettés après coup ? Tristan matérialisa le bout de ses doigts et toucha la main retournée d'Eric.

Celle-ci se referma aussitôt. Tristan resta sans bouger un instant, puis se désincarna pour se dégager.

— Ça faisait longtemps, bredouilla soudain Eric en ouvrant et en fermant la main plusieurs fois. Trop longtemps, Caroline, je suis désolé. Mais tellement de choses se sont passées dont personne ne se doute.

Il rit en silence, puis il pointa un doigt devant lui, comme si Caroline s'était tenue là.

– C'est pas à toi que j'ai besoin de le dire, pas vrai ?

— Mais si, je ne suis pas au courant, s'aventura à répondre Tristan. Que s'est-il passé ? Raconte-moi.

Eric inclina la tête et Tristan crut qu'il avait entendu sa question. Cependant, Eric reprit son monologue :

— Non... probablement pas. Le problème, c'est que ça risque de devenir compliqué. Je n'aime pas quand les choses sont... compliquées.

Compliquées ? Que voulait-il dire par là ? Qu'elles deviendraient sanglantes ?

Brusquement, Eric se redressa en clignant des paupières. Il avait entendu une voix dans sa tête. À la clarté de la lune, ses cheveux étaient presque blancs et Tristan se sentit transpercé par l'intensité de ses yeux cernés.

— Tu veux dire Ivy. Elle s'appelle Ivy ! reprit Eric en agitant subitement sa main décharnée.

Celle-ci traversa Tristan sans qu'il ait le temps de s'écarter. Il en ressentit des sueurs froides, comme si un squelette l'avait touché.

— Qu'est-ce que je peux y faire ? continua Eric. Tu sais où j'en suis, Caroline. Ne me pousse pas. Recule !

Il sauta sur ses pieds et, titubant sur place, éclata d'un rire rauque.

— Ouais, ouais, dit-il. Ce week-end, tout le monde va au lac, sauf Ivy !

Il sourit.

— Alors ça, ce n'est pas très gentil, Caroline, ajouta-t-il.

Qu'avait entendu son esprit halluciné ?

— Hé ! s'écria-t-il alors. Je t'ai dit de ne pas pousser.

Il fit deux pas de côté.

— Recule, Caroline. Je ne veux plus t'écouter. Je t'ai dit, recule !

Là-dessus, il s'élança dans l'allée en courant. Il zigzagua, se cogna sur les pierres en hurlant d'une étrange voix criarde :

— Pousse-toi, Caroline ! Pousse-toi ! Recule !!

Tristan le suivit des yeux jusqu'à ce qu'il disparaisse à sa vue. Il essaya de s'imaginer l'autre partie de sa conversation. Que pensait-il que Caroline lui voulait ?

Tristan fut accablé de pensées terrifiantes. À force de concentration, il se calma, puis appela :

— Caroline, es-tu là ?

Plein d'espoir, il répéta sa question trois fois. Cependant, son instinct d'ange lui avait déjà répondu ce que le silence ne fit que confirmer : il n'y avait rien d'autre dans cette tombe qu'un corps froid, et les réponses qu'il renfermait se décomposaient avec lui.

Chapitre 6

Gregory agita sous le nez d'Ivy un numéro de téléphone griffonné sur un morceau de papier.

— Promets-le-moi, lui dit-il.

Ivy opina avec un haussement d'épaules résigné.

— Le lac est à une heure et demie d'ici, une heure seulement quand c'est moi qui conduis, ajouta-t-il en souriant. Promets-le-moi, Ivy.

— Ce n'est pas la peine, je sais me débrouiller toute seule ! lui répondit-elle.

Elle réorganisa pour la quatrième fois la nourriture qu'elle avait placée dans la glacière. Ce week-end-là, sa mère devait se chargeait de cuisiner pour Andrew, Philip et Gregory, et elle avait prévu assez de réserves pour nourrir une colonie entière.

— Je sais que tu peux te débrouiller, protesta Gregory, mais rien ne dit qu'une fois la maison vide, tu n'auras pas un coup de cafard ou que tu n'auras pas peur.

Il agita de nouveau le morceau de papier.

— Si tu as besoin de moi, même en pleine nuit, appelle.

Ivy hocha la tête d'une façon qui aurait pu signifier oui ou non, puis elle entreprit d'empaqueter le monceau de gâteaux et de chips que sa mère avait posés sur le plan de travail.

— J'espère que tu es prêt à manger vingt-quatre heures sur vingt-quatre, dit-elle à Gregory.

Tout en riant, celui-ci s'empara de l'un des sachets qu'elle tenait à la main et y vola deux biscuits. Puis il en prit un troisième, qu'il passa d'un air taquin sous le nez d'Ivy. Elle le croqua d'un coup.

— Écoute, reprit Gregory d'un ton plus sérieux, je ne vais pas te faire une scène, mais n'oublie pas que je te laisse seule à la condition que tu me téléphones une fois par jour. D'accord ?

Ivy opina.

— Je veux que tu me le promettes, répéta Gregory en approchant son visage tout près du sien.

Il avait glissé un doigt dans un passant de la ceinture d'Ivy et la retenait prisonnière.

— Promets.

— D'accord, d'accord, je te le promets.

Il la lâcha. L'espace d'un instant, Ivy regretta qu'il ne reste pas avec elle.

— Remarque, je me doute de tes projets, reprit-il. Dès qu'on aura tourné les talons, tu feras venir tout le monde ici pour une grande fiesta.

— Exactement, acquiesça Ivy en jetant un rouleau d'essuie-tout sur le sac à provisions.

— Tu as pensé à Will ? demanda alors Gregory.

— Non, lui répliqua Ivy.

— Comment se fait-il que tu ne l'aimes pas ? Ce n'est pas à cause de ses dessins d'anges tout de même…

— Non.

Ivy vérifia les assiettes et les verres en papier. L'ensemble venait des Quatre Saisons. Une partie arborait des dindes de Thanksgiving et une autre, des cœurs pour la Saint-Valentin.

— Je l'aime bien, reprit Ivy. Mais je ne me sens pas à l'aise. Je ne sais pas pourquoi. Je vois dans ses yeux quelque chose qui me dérange…

— Oui, de l'amour ! s'esclaffa Gregory. À moins que ce ne soient des hormones déchaînées.

— Tu dois avoir raison, ironisa Ivy.

— Oui, certainement, répéta Gregory.

Il s'était de nouveau planté devant elle et il posa les mains sur ses épaules, l'empêchant de se détourner.

— Un jour, poursuivit-il, tu te rendras compte que des garçons à qui tu ne penserais jamais te regardent… avec quelque chose dans les yeux.

Ivy baissa la tête. Sur un nouvel éclat de rire, Gregory la libéra.

— Sois gentille avec Will, reprit-il. Sa vie n'a pas toujours été facile.

Avant qu'Ivy n'ait le temps de lui demander des précisions, Maggie et Philip entrèrent dans la cuisine. Philip portait la casquette et le tee-shirt des Yankees que Gregory lui avait achetés après le match.

Peu à peu, Philip s'habituait à son presque-frère, qui semblait s'en réjouir. Certes, ses références constantes aux anges agaçaient Gregory prodigieusement, mais sans doute parce qu'il savait qu'elles rendaient Ivy malheureuse.

Philip donna un petit coup de poing à sa sœur en signe d'au revoir. Elle avait remarqué que, depuis quelque temps, il ne l'embrassait plus en public. Sa mère, en revanche, la prit dans ses bras et lui planta un baiser bien rouge sur la joue. Gregory et Philip regardèrent Ivy d'un air malicieux en traçant dans le vide le contour de ses lèvres.

Maggie était habillée de la tête aux pieds pour une grande aventure en plein air, et maquillée du cou jusqu'à la racine des cheveux pour une séance de photos de mode.

— Je reconnais bien là ma fille, annonça-t-elle en admirant les sacs alignés. Tout est prêt ! Je l'ai éduquée à devenir une meilleure maman que moi.

Ivy rit de bon cœur.

Gregory se chargea de la glacière, et Philip, Ivy et leur mère le suivirent avec les sacs et les valises. Tout fut rangé dans la voiture de Maggie. Gregory prenait la sienne et Andrew, retenu par un rendez-vous en fin d'après-midi, les rejoindrait plus tard par ses propres moyens.

Les portières claquèrent, une cacophonie de bouts de chansons s'éleva. Philip avait décidé de faire la route avec Gregory et il cherchait déjà une station de radio sur sa stéréo. Les deux véhicules finirent par s'éloigner. Une fois seule, Ivy savoura le silence qui s'était installé. Il faisait chaud, l'air était paisible et seules les cimes sèches des arbres bruissaient. Ivy n'avait pas souvent eu de moments de calme depuis la mort de Tristan.

Elle alla chercher son livre à l'intérieur et ressortit. C'est Beth qui le lui avait offert. C'était donc probablement une histoire d'amour torride. Beth le lui avait fait parvenir par l'entremise de Suzanne, accompagné d'un mot d'excuse. Elle y avouait ne pas se sentir le courage de se retrouver face à Ivy ni de l'appeler. C'est donc Ivy qui avait pris l'appareil pour lui annoncer qu'elle ne lui tenait pas rigueur de l'incident.

Il n'en restait pas moins qu'Ivy ne s'expliquait toujours pas ce qui s'était passé. Quel comportement étrange Beth avait eu ! Quelle idée de rédiger des messages signés « Tristan » ! Habituellement, Beth agissait avec beaucoup de délicatesse. Cela dit, Ivy avait eu la même impression avec Will et qu'avait-il fait ? Affublé Tristan d'une paire d'ailes.

En dépit de la douleur que le dessin avait provoquée en elle, Ivy eut un petit sourire. Que penserait Tristan s'il savait que Will le voyait en ange ?

Ivy lut pendant plus d'une heure et demie, installée dans la cabane de Philip, tout en haut des grands érables. De temps à autre, elle levait les yeux pour regarder à travers les branchages le cours scintillant de la rivière. Finalement, le livre coincé dans la ceinture de son jean, elle s'agrippa à la corde et se laissa glisser à terre. D'humeur à marcher, elle contourna la maison et s'engagea sur l'allée qui conduisait jusqu'à la route. Puis elle remonta la côte d'un pas énergique, ruisselante de transpiration, mais l'esprit ravivé.

Elle décida alors de reprendre le *Liebestraum*. Le silence aidant, peut-être passerait-elle le week-end au piano et réussirait-elle enfin à jouer l'intégralité de ce chant d'amour. Elle s'entraînait chaque jour pour le festival, mais elle n'avait pas encore réussi à aller jusqu'au bout du morceau. Après quelques mesures, les souvenirs lui revenaient, telle une lente marée montante qui finissait par la submerger. Cette fois, elle essaierait de se concentrer sur les notes.

Elle passa prendre une boisson gazeuse dans la cuisine, puis grimpa à l'étage pour se doucher. À mi-chemin, elle repensa qu'elle n'avait pas fermé la porte de derrière à clé. « Ne sois pas bête, se dit-elle. Personne ne vient jamais sur cette colline. » Elle avait bien l'intention de profiter de sa tranquillité et de ne pas se laisser gagner par l'inquiétude de Suzanne, Beth et Gregory.

Après sa douche, elle monta dans son salon de musique, précédée par Ella qui courut sauter sur la banquette du piano. Ivy sourit.

— Tu veux te préparer pour le festival, toi aussi ?

Sa question lui rappela les deux triolets entendus une semaine plus tôt. Mais Ivy repoussa vite cette pensée : elle ne voulait pas songer à Tristan.

Elle s'échauffa, joua les mélodies préférées de Philip, puis entama le *Liebestraum*. Elle l'exécuta d'un trait et sans faute. Emportés par la cadence vibrante du morceau, ses doigts avaient survolé les touches. Alors qu'elle s'apprêtait à reprendre le thème d'ouverture, au moment même où elle s'arrêtait pour tourner la page de sa partition, elle entendit un fracas épouvantable.

Immédiatement, elle pensa à un bris de verre et sa peau se hérissa. Elle tâcha de se rassurer en se disant que si une personne voulait entrer, il lui suffirait d'ouvrir la porte de derrière. Le bruit n'avait donc certainement pas été celui d'un carreau que l'on casse. Une branche d'arbre avait dû tomber contre une fenêtre, ou bien un objet s'était renversé sous l'effet d'un courant d'air.

Inquiète néanmoins, Ivy promena son regard dans la pièce et se rendit compte qu'Ella avait disparu. Elle était peut-être à l'origine du bruit. Aussi, Ivy décida d'aller vérifier. Elle s'avança vers le haut de l'escalier et tendit l'oreille.

Il lui semblait que le son était venu de l'aile ouest, là où se trouvait le bureau d'Andrew. Peut-être était-il sorti de son rendez-vous plus tôt que prévu et avait-il décidé de passer par la maison avant de rejoindre Maggie ?

Ivy descendit dans sa chambre sur la pointe des pieds, la traversa et s'arrêta à la porte. Elle aurait bien aimé qu'Ella soit avec elle ; les mouvements de ses oreilles et de sa queue l'auraient prévenue d'un danger potentiel.

La maison lui sembla soudain immense, deux fois plus grande que sa taille réelle, criblée d'une centaine de niches où se cacher et à des lieues de la première personne qui pourrait l'entendre crier. Ivy battit en retraite et décrocha le téléphone. Avant de reposer le combiné.

« Ressaisis-toi, s'ordonna-t-elle. Tu ne vas quand même pas faire déplacer la police pour rien. »

— Andrew ? lança-t-elle alors. Andrew, c'est vous ?

Pas de réponse.

— Ella, viens ici ! Ella, où es-tu ?

La maison était plongée dans un silence pesant.

Ivy se résolut à descendre. À pas de loup, elle sortit sur le palier et se dirigea vers l'escalier central, et non vers le petit qui débouchait directement dans l'aile ouest. Il y avait un téléphone dans le grand hall d'entrée. Si elle remarquait quoi que ce soit d'anormal, elle pourrait appeler.

Parvenue au bas des marches, elle jeta un coup d'œil rapide à droite et à gauche. Que faire ? Sortir en courant par la grande porte ?

Et ensuite ? Laisser un inconnu voler ce qu'il voulait ? Ou mieux encore, lui permettre de trouver une cachette confortable d'où lui tendre une embuscade ?

« Ne te laisse pas emporter par ton imagination », se sermonna Ivy.

Les pièces situées dans l'aile est – le salon, la bibliothèque et le solarium – étaient restées fermées. On y avait tiré les volets dès le matin en protection contre le soleil. Ivy se tourna donc de l'autre côté. Elle s'approcha de la salle à manger et, blottie contre le mur, s'aventura à avancer la tête dans l'encadrement de la porte. Ne voyant rien, elle s'engagea dans la pièce, ses muscles se contractant à chaque craquement des lattes du plancher. Elle passa dans la cuisine. Juste en face d'elle se trouvait la porte qu'elle n'avait pas fermée à clé. Elle la verrouilla après avoir inspecté les placards.

Restait le sous-sol. Ivy s'empressa de bloquer aussi l'accès à ce dernier. Elle irait vérifier plus tard la porte qui permettait d'y pénétrer de l'extérieur. Elle préférait d'abord aller faire un tour dans le séjour. Tout y semblait à sa place.

Alors qu'elle s'engageait dans la galerie qui menait au bureau d'Andrew, Ella apparut en trottinant.

— Ella ! s'exclama Ivy avec un soupir de soulagement. Qu'est-ce que tu faisais ?

La petite chatte balançait vivement la queue d'un côté à l'autre, mais Ivy était trop soulagée pour y prêter attention.

— L'autre jour, c'était sa chaise, poursuivit-elle en agitant un doigt faussement réprobateur. Et c'est quoi, cette fois ? Un vase en cristal de Waterford ?

Tout en parlant, Ivy entra dans le bureau d'un pas décidé, avant de s'arrêter net.

Un carreau était cassé près de la poignée d'une des portes-fenêtres et le battant d'à côté, entrebâillé. Ivy recula d'un pas. Et heurta quelqu'un.

— Qu'est-ce que…

Avant qu'elle n'ait le temps de se retourner, on lui enfonça un sac sur la tête. Elle poussa un cri étouffé, se débattit en tirant sur le tissu comme une forcenée et en le labourant de ses ongles comme un chat. Plus elle s'acharnait, plus le sac se resserrait autour d'elle. Elle suffoquait.

Elle s'efforça de ne pas céder à l'affolement ; elle avait affaire à plus fort qu'elle. « Réfléchis ! Réfléchis ! » hurla-t-elle dans sa tête.

Elle avait encore l'usage de ses jambes. Mais elle savait que si elle se mettait à donner des coups de pied et perdait l'équilibre, elle serait à la merci de son agresseur. Elle décida donc d'utiliser son poids pour balancer son corps de droite à gauche. Déstabilisé par ce mouvement, l'inconnu lâcha prise momentanément, et Ivy fit volte-face.

L'agresseur reprit vite le contrôle de la situation et Ivy se sentit poussée en arrière, vers un mur ou dans un coin de la pièce. Le sac l'empêchait de voir quoi que ce soit ; elle avait perdu son sens de l'orientation. À supposer qu'elle parvienne à se libérer, elle ne saurait pas dans quelle direction s'échapper.

Le tissu rêche sur son visage lui brûlait la peau. Cependant, elle était si déterminée à découvrir l'identité de l'inconnu qu'elle y aurait percé des trous avec les ongles si elle l'avait pu.

Totalement silencieux, l'agresseur la lâcha un instant pour la reprendre uniquement par un bras. C'est alors qu'Ivy sentit quelque chose sur sa tempe, quelque chose de dur et rond – comme le canon d'un revolver.

Elle hurla et, poussée par le désespoir, lança des coups de pied, de poing, se tortilla comme un ver coupé pour se dégager.

Soudain, quelqu'un frappa à la porte d'entrée et appela :

— Ivy ! Ivy !

L'agresseur la projeta violemment en arrière. Elle s'effondra, heurta des objets durs comme le roc. Des objets métalliques, qui la suivirent dans sa chute et retombèrent sur elle à grand bruit. Puis tout devint noir.

« Ivy ! Ivy ! » hurla Tristan.

— Ivy ! Ivy ! hurla Will en tambourinant à la porte.

Will se décida enfin à faire le tour de la maison pour trouver une autre voie d'accès. Parvenu derrière, il découvrit la voiture de Gregory. Puis il se figea devant le carreau cassé et le battant entrebâillé.

— Ivy, qu'est-ce que… qui t'a fait ça ? disait Gregory, penché sur elle, en train d'ôter le sac qu'elle avait sur la tête. Ça va ? Là, là… calme-toi. Tu es en sécurité maintenant.

Les accessoires de cheminée jonchaient le sol autour d'elle. Ivy regarda Gregory en se frottant le front. Puis tous deux se tournèrent en même temps vers la porte-fenêtre où Will venait d'apparaître. Tristan avait quitté le cerveau de ce dernier, mais il lut aussi bien que lui la peur et la méfiance dans les yeux d'Ivy, et la colère dans ceux de Gregory.

— Qu'est-ce que tu fais ici ? aboya celui-ci.

Will n'avait pas d'explication probante à donner.

— Je n'en sais rien, répondit-il en toute honnêteté. J'ai pensé… j'ai senti que je devais venir, que quelque chose n'allait pas.

Gregory, qui avait eu les joues cramoisies jusque-là, devint blanc comme un linge.

— Tu vas bien, Ivy ? demanda Will.

Elle opina, puis blottit sa tête dans le cou de Gregory.

— Est-ce que je peux faire quelque chose ? poursuivit Will.

— Non.

— Ce serait bien d'appeler la police, insista-t-il.

— Si tu y tiens, gronda Gregory d'une voix froide et hostile.

Au téléphone, malgré son trouble, Will expliqua la situation avec calme.

Tristan ne s'expliquait pas non plus comment lui-même avait perçu qu'Ivy était en danger. « Elle a besoin de toi. » Voilà le message qui l'avait alerté. L'avait-il entendu, senti ? Au bout du compte, peu importait. En revanche, l'avertissement de Lacey lui était revenu aussitôt à l'esprit. Elle lui avait dit qu'il ne pourrait jamais se porter seul au secours d'Ivy et qu'il devrait associer ses pouvoirs à la force d'un autre. Il s'était donc précipité chez Will.

La partie n'avait pas été aisée, surtout au départ. Tristan avait eu du mal à canaliser son énergie et Will ne s'était pas facilement plié à son autorité. Tristan se demanda si Will s'était rendu compte qu'il avait effectué le trajet à cent trente kilomètres à l'heure, y compris sur la pente abrupte de l'allée qui menait jusqu'à la propriété des Baines. Et Will se souvenait-il qu'il avait fait le tour de la maison en courant beaucoup plus vite qu'un être humain n'aurait pu le faire ? Cependant, tous ces efforts s'étaient avérés vains, puisqu'ils n'avaient pas attrapé l'agresseur. Tant qu'ils ne connaîtraient pas l'identité de ce dernier, Tristan et Will n'auraient aucun moyen d'anticiper sa prochaine attaque et, donc, aucun moyen de protéger Ivy efficacement.

« Ils. » Will et lui. Lui et Will. Tristan ne pouvait plus se voiler la face : Will acceptait Tristan car il s'inquiétait pour Ivy – et Tristan avait besoin de lui.

Il observa alors Gregory, qui venait de soulever Ivy

et la transportait jusqu'au canapé. Ella était tapie sous le bureau d'Andrew, ses yeux luisants comme des braises.

— Qui a fait ça, Ella ? lui demanda Tristan. Tu es la seule à l'avoir vu. Qui a agressé Ivy ?

Will quitta la pièce et revint bientôt avec un sac de glace.

Gregory le posa doucement sur le front d'Ivy.

— Je suis là. Tout va bien maintenant, ne cessait-il de lui répéter en lui massant le dos pour l'apaiser.

Peu de temps après, le hurlement d'une sirène retentit. Une voiture de police arriva à toute allure et s'immobilisa devant la maison dans un crissement de pneus, suivie presque immédiatement par un second véhicule. Andrew.

— Que s'est-il passé ? s'écria ce dernier en se ruant à l'intérieur avec les officiers. Ivy, tu vas bien ?

Il regarda le carreau cassé, puis Will, et enfin son fils.

— Qu'est-ce que tu fais ici ? lui demanda-t-il sèchement. Tu devrais être avec Maggie et Philip.

— Je peux te poser la même question, lui rétorqua Gregory.

Andrew jeta un coup d'œil rapide vers les policiers.

— J'avais oublié des papiers, répondit-il, la main tendue vers son bureau. Des rapports sur lesquels je vais devoir travailler ce week-end.

— Et moi, je suis venu parce qu'Ivy m'a appelé, renchérit Gregory. Je lui avais fait promettre ce matin de le faire si elle avait besoin de quoi que ce soit.

Il baissa les yeux vers Ivy. Celle-ci le regardait avec un air perplexe.

— C'est bien toi qui m'as appelé, non ?

— Non, murmura Ivy.

Gregory fronça les sourcils de surprise, puis serra fort les mains d'Ivy entre les siennes.

— Alors il y a quelqu'un à qui tu dois une fière chandelle, souffla-t-il.

Il se tourna vers les agents et poursuivit :

— Quand on est arrivés au lac à midi, j'ai dû repartir aussitôt faire une course. Maggie avait pensé à tout pour notre week-end, sauf… veuillez m'excuser pour le détail… au papier toilette. À mon retour, le gardien à la loge m'a averti qu'une personne m'avait appelé trois fois, sans laisser de message. J'ai tout de suite pensé que c'était Ivy. La vie n'a pas été facile pour elle ces derniers temps… Tu le sais bien, ajouta-t-il à l'intention de son père. Je n'ai pas perdu une seconde. Je suis revenu ici.

— Vous avez eu de la chance, mademoiselle, déclara un des officiers. Bien, je suis désolé, mais je vais devoir vous interroger.

Durant ces échanges, Tristan s'était déplacé lentement dans la pièce, en étudiant les visages, en lisant les notes que la police prenait.

Était-ce de la jalousie qu'il ressentait chaque fois qu'il voyait Gregory toucher Ivy ? Ou avait-il une sorte d'intuition ? Ivy était-elle réellement en sécurité dans les bras de son presque-frère ?

Eric savait qu'Ivy serait seule ce week-end-là. S'il était l'agresseur, Gregory le couvrirait-il ?

Et pourquoi ce dernier avait-il défié son père ? Trouvait-il son excuse pour ce retour inopiné un peu trop facile ?

Ce soir-là, les deux officiers de police restèrent tard et posèrent beaucoup de questions, si ce n'est qu'aux yeux de Tristan, aucune d'elles n'était pertinente.

Chapitre 7

Lorsque Ivy ouvrit la porte le mardi matin, elle sut que Beth avait lu le journal. Celle-ci la serra dans ses bras, puis murmura en entrant d'un pas timide et l'air embarrassé :

— Comment te sens-tu ?

— Je vais bien, lui répondit Ivy. Vraiment.

— Vraiment ?

Avec ses yeux en boules de Loto et ses cheveux méchés qui s'échappaient de leur barrette telles des plumes soyeuses, Beth avait l'air d'une chouette inquiète. Elle avait le regard rivé sur la joue d'Ivy.

— Je viens d'inventer la mode qui remplacera les tatouages, lui dit Ivy avec un sourire en effleurant sa peau contusionnée.

— Tu ressembles à une... pensée.

Ivy s'esclaffa.

— Mauve et jaune ? Je vais être belle pour le festival. Est-ce que tu aurais quelque chose à me prêter qui se marierait bien avec ces couleurs ?

Beth s'efforça de sourire à son tour, sans grand succès.

— Suis-moi, reprit Ivy en se dirigeant vers la cuisine. Tu veux boire quelque chose ? On ne peut pas partir tout de suite. J'ai un autre entretien.

— Avec des journalistes ?

— Avec la police.

— Encore ? Ivy, est-ce que tu leur as parlé des…

Beth hésita.

— Parlé de quoi ? lui demanda Ivy.

— … des messages sur l'ordinateur.

— Non. Pourquoi veux-tu que je leur en parle ? s'étonna Ivy en avançant un tabouret de bar pour son amie. Ce n'est qu'une coïncidence, étrange, je te l'accorde, mais une coïncidence. Tu t'amusais et…

Le regard de Beth l'arrêta.

— Je ne m'amusais pas, Ivy.

Cette dernière haussa les épaules et entreprit de préparer un café. Depuis le vendredi soir, elle se comportait comme si rien ne s'était passé. Elle se sentait coupable d'avoir gâché le week-end de tout le monde et elle ne voulait pas qu'on se fasse du souci à son sujet ni qu'on s'occupe d'elle en permanence. Mais en réalité, elle était heureuse que sa famille soit rentrée. Car elle commençait vraiment à s'inquiéter.

Philip était persuadé qu'un ange avait envoyé Gregory à son secours – le même, disait-il, que celui qui l'avait empêché de tomber de la passerelle.

Quelques jours plus tôt, il avait trouvé dans sa chambre une statuette représentant un joueur de base-ball ailé, et il affirmait qu'elle lui avait été apportée par un ami de son ange gardien.

Ivy savait que son frère parlait ainsi parce qu'il avait peur. Elle supposait que la disparition de Tristan avait fait naître en lui la crainte de la voir disparaître, elle aussi. Peut-être était-ce la raison pour laquelle il lui avait répété plusieurs fois de se méfier du train qui gravirait la côte pour venir l'enlever.

Comment aurait-elle pu lui en vouloir ? Depuis l'accident, et maintenant qu'elle avait été victime de cette agression, elle-même s'imaginait des dangers cachés partout où elle se tournait.

S'il y avait donc une chose dont elle n'avait absolument pas besoin, c'était d'une Beth terrorisée comme si elle avait aperçu un extraterrestre.

— Beth, tu es mon amie, reprit Ivy, et tu ne voulais pas que je reste seule ici, pas plus que Suzanne et Gregory. Ce qui te distingue d'eux, c'est que tu écris et que… tu as une imagination débordante, ajouta Ivy avec un sourire. C'est normal que tes inquiétudes s'expriment sur le papier.

Beth n'avait pas l'air convaincue.

— De toute façon, tu n'es responsable de rien. Et même si tu étais médium, un médium devine des événements, mais il ne peut pas les provoquer.

La sonnette retentit à la porte d'entrée.

— Je ne vois donc aucune raison d'en parler à la police.

— Parler de quoi ? demanda Gregory en apparaissant dans la pièce.

Levé plus tôt qu'à l'accoutumée, il était déjà prêt

pour la journée que Suzanne et lui avaient prévu de passer à New York.

— Si ça peut te soulager, Beth, raconte-le à Gregory, conseilla Ivy avant d'aller ouvrir.

Un homme aux cheveux roux suçant une pastille qui sentait la menthe faisait les cent pas devant la porte comme s'il attendait là depuis des heures. Il se présenta comme l'inspecteur Donnelly et demanda à Ivy s'il pouvait lui parler dans le bureau où s'était déroulée l'agression.

— Je vais vérifier, lui répondit Ivy. Mon beau-père est là aujourd'hui et s'il y travaille…

— Il est là ? Parfait, l'interrompit l'inspecteur. Il est sur ma liste aussi.

Quelques minutes plus tard, Gregory les rejoignit dans le bureau. En réalité, M. Donnelly les avait tous convoqués, et ce bien que ses collègues les aient déjà interrogés de façon exhaustive.

— Si je vous ai obligés à vous répéter, leur expliqua-t-il une fois son interrogatoire terminé, c'est que nous avons été appelés pour un incident similaire à Ridgefield la nuit dernière. Même style d'effraction, même type de victime – une lycéenne –, même sac sur la tête. Il est donc important que nous recoupions les événements, pour le cas où nous aurions affaire à un criminel en série. De cette façon, nous serons peut-être à même d'établir son *modus operandi*, de prévenir d'autres actions et, avec un peu d'espoir, de le pincer.

— Vous en concluez donc que l'agression d'Ivy est un pur hasard et non l'œuvre d'une personne qu'elle connaîtrait ? s'enquit Andrew.

— Nous n'avons encore tiré aucune conclusion,

répondit l'inspecteur en haussant ses sourcils roux broussailleux. Mais si vous avez une théorie, je suis prêt à l'entendre.

— Je n'en ai pas, lui répliqua Andrew froidement. Je veux juste savoir si l'on peut considérer qu'Ivy n'est plus en danger.

— Avez-vous quelque raison de penser qu'elle le serait ? Soupçonnez-vous quelqu'un d'en vouloir à un membre de votre famille ?

— Non, affirma Andrew. Enfin, pas que je sache, ajouta-t-il lentement en regardant son fils. Et toi, Gregory ?

Ce dernier resta silencieux un instant, puis déclara, les yeux plantés dans ceux de son père :

— Moi non plus.

Andrew se retourna vers l'inspecteur.

— Nous voulons juste nous assurer qu'Ivy n'a plus rien à craindre.

— Je vous comprends, monsieur. Mais je suis certain que vous avez conscience qu'il m'est impossible de l'affirmer.

Là-dessus, l'inspecteur tendit une carte à Ivy.

— Si un détail vous revient, quel qu'il soit, appelez-moi.

Ivy lui demanda alors :

— Cette fille de Ridgefield... elle va bien ?

L'homme serra les lèvres, l'air sombre. Il secoua la tête plusieurs fois, avant de lâcher :

— Elle est morte.

Là-dessus, il se dirigea vers une des portes-fenêtres et lança par-dessus son épaule :

— Ne vous dérangez pas, je trouverai la sortie moi-même.

Dès qu'il eut disparu, Ivy s'élança hors de la pièce. Elle ne voulait pas qu'on la voie pleurer. Gregory la rattrapa à mi-hauteur du petit escalier. Elle essaya de lui échapper, avant de s'effondrer. Il la releva et la tira à lui.

— Ivy, parle-moi. Qu'est-ce qu'il y a ?

Elle se dégagea, les lèvres serrées.

— Que se passe-t-il ?

— La même chose aurait pu m'arriver ! s'écria-t-elle enfin. Si tu n'étais pas entré à ce moment-là, si tu ne lui avais pas fait peur…

Les larmes roulaient le long de ses joues.

— Ça ne t'est pas arrivé, lui dit Gregory tendrement mais fermement avant de l'asseoir de force sur les marches.

« Ne me laisse pas, l'implora Ivy en silence. Annule ta sortie avec Suzanne. J'ai besoin de toi plus qu'elle. »

À peine ces phrases prononcées dans sa tête, Ivy s'en voulut.

— Je suis désolée, s'excusa-t-elle.

— Désolée de quoi ? s'étonna Gregory en lui séchant ses larmes.

— De réagir d'une façon aussi… aussi…

— Humaine ?

Elle s'abandonna contre lui. Il prit son visage entre ses mains, repoussa ses cheveux et, ses doigts toujours enlacés dans ses boucles, il ajouta :

— Tu sais, mon père a raison. Pour une fois, ce bon vieil Andrew ne s'est pas trompé. Je suis vraiment désolé pour la famille de cette fille, mais, au moins, on sait maintenant que ce type ne t'en voulait pas personnellement. Et ça me soulage.

Il s'écarta légèrement.

— Ce qui élimine Will comme suspect, ajouta-t-il en plaisantant. À moins qu'il ne cache bien son jeu. C'est vrai qu'il est quand même secret, et mystérieux.

Ivy resta silencieuse. Elle s'efforçait de respirer le plus régulièrement possible pour tenter de calmer ses sanglots.

— Il faut que tu partes, dit-elle enfin à Gregory. Tu as vu l'heure qu'il est ? Suzanne n'aime pas que ses amoureux la fassent attendre.

— Je sais, lui répondit Gregory en la repoussant à bout de bras pour l'étudier.

« Est-ce qu'il observe Suzanne de la même façon ? se demanda Ivy. Avec la même intensité ? En plongeant son regard dans le sien comme il le fait dans le mien ? Est-ce qu'il l'aime autant qu'il m'aime, moi ? »

Une autre vague de culpabilité la submergea et dut rejaillir sur son visage, car Gregory s'inquiéta :

— Qu'est-ce qu'il y a ? À quoi penses-tu tout à coup ?

— À rien. Tu ferais mieux d'y aller.

Il continua de la dévisager, les sourcils froncés. Mais Ivy ne voulait plus le retenir.

— Est-ce que tu pourrais dire à Beth que je la rejoins dans une minute ? conclut-elle.

— D'accord.

Avec un haussement d'épaules, il la libéra enfin.

Ivy s'empressa de monter dans sa chambre. Finalement, elle était heureuse à l'idée que Beth lui tienne compagnie la plus grande partie de la journée.

Elle savait que son amie ne la forcerait pas à parler de sujets qu'elle n'avait pas envie d'aborder. En revanche, elle regrettait d'avoir accepté de longue date de dîner avec Suzanne à son retour de New York. Ivy n'avait hâte ni d'écouter d'interminables commentaires sur leur visite ni de discuter en détail de l'intervention héroïque de Gregory.

Ivy passait justement devant la chambre de celui-ci lorsque son téléphone sonna. Elle hésita.

« C'est probablement Suzanne, songea-t-elle. Elle doit se demander où il est. »

Étant donné que Gregory avait un répondeur, elle décida qu'elle décrocherait pour Suzanne uniquement, afin de lui confirmer que Gregory était bien parti.

Il y eut un bip sonore, un silence, puis une voix s'éleva : « C'est moi. J'ai besoin d'argent, Gregory. Tu sais que je n'aime pas demander à ton vieux. Par contre, si tu ne m'en trouves pas, tu sais aussi ce qui se passera. J'en ai besoin, Gregory. Maintenant. »

La personne raccrocha sans s'identifier, mais Ivy n'avait eu aucun mal à la reconnaître : Eric.

Ivy pianota sur les accoudoirs de sa chaise en osier, jeta un coup d'œil vers la mare située derrière la maison des Goldstein, et consulta sa montre une nouvelle fois. Visiblement, Suzanne avait oublié leur rendez-vous. Elles avaient prévu de se retrouver à six heures et demie. Il était maintenant sept heures vingt.

Ivy était agacée d'avoir attendu au lieu de rentrer chez elle, d'autant plus qu'elle n'avait décidément pas envie de voir Suzanne. Elle n'était venue que par loyauté.

— Ta meilleure amie pour toujours, murmura-t-elle.

Elle conservait dans sa chambre une boîte entière de lettres au papier jauni que Suzanne avait commencé à lui écrire dès le CM1 quand elle s'ennuyait en classe. Toutes étaient signées « Ta meilleure amie pour toujours ».

Pour toujours... Depuis que Gregory était apparu dans leur vie, tout avait changé entre elles et Ivy savait qu'elle était aussi responsable que Suzanne de l'évolution de leur relation.

À cette pensée, Ivy se leva et descendit les marches de la terrasse.

C'est alors qu'un véhicule se gara de l'autre côté de la maison. Deux portières claquèrent. Ivy continua d'avancer, puis s'arrêta net. Enlacés, Suzanne et Gregory marchaient lentement dans sa direction. Suzanne avait la tête penchée sur l'épaule de son amoureux. Ivy regretta encore davantage de ne pas être partie bien avant.

Gregory la remarqua le premier. Il s'immobilisa. Aussitôt, Suzanne redressa la tête.

— Hé, Ivy ! lança-t-elle, surprise.

Puis elle se tapa le front de la main.

— Oh, non ! J'avais complètement oublié ! Je suis vraiment désolée. J'espère que ça ne fait pas trop longtemps que tu attends.

« Depuis six heures et demie et tu le sais, et je suis affamée ! » voulait crier Ivy. Mais elle se retint. Elle n'entra pas non plus dans le jeu qui aurait consisté à trouver des excuses à Suzanne ou à prétendre qu'elle-même était arrivée en retard. Elle resta de marbre.

Gregory, conscient de la tension ambiante, prit la parole :

— On a décidé de s'arrêter manger une pizza chez Celentano. C'est dommage, si on avait su que tu attendais ici, on t'aurait appelée pour que tu nous rejoignes.

Son commentaire fut accueilli par des regards noirs. Aux yeux de Suzanne, Gregory venait d'insinuer que le repas aurait été plus agréable en la présence d'Ivy. Aux yeux de celle-ci, Gregory considérait comme un privilège de pouvoir assister à leur dîner en amoureux. N'avait-il donc jamais entendu dire que, dans un groupe de trois personnes, il y en a toujours une de trop ?

Il devait le savoir malgré tout, car il se dégagea de Suzanne, esquissa un sourire, puis repartit vers sa voiture. Une main dans la poche et l'autre sur la portière ouverte, il lança d'un air qui se voulait détaché :

— J'ai l'impression que vous avez plein de choses à vous raconter. Je préfère m'éclipser avant d'être pris dans le mélodrame.

« C'est toi, le mélo, oui », songea Ivy, hors d'elle.

— Tu as raison, répondit Suzanne de son côté. La plupart des gars sont de vrais amateurs quand il s'agit de potiner.

Gregory partit d'un grand éclat de rire feint, fit tinter ses clés en signe d'au revoir, puis monta en voiture et démarra.

— Je suis claquée, soupira Suzanne en s'asseyant sur les marches du perron avant de tirer Ivy par le bras pour qu'elle prenne place à ses côtés. Manhattan l'été… si tu avais vu ça, c'est une vraie maison de fous.

Et puis alors, à Times Square, c'était encore pire. Ils étaient tous amassés là pour voir...

Elle s'interrompit, mais Ivy savait ce qu'elle allait dire. Elle avait déjà lu que la photo de Barbra Streisand s'était transformée en ange.

Soudain, Suzanne caressa la joue d'Ivy.

— Ils n'en ont pas assez de te voir, aux urgences ?

Ivy sourit.

— Comment tu te sens ? lui demanda Suzanne.

— Bien... Vraiment, ajouta-t-elle en remarquant l'air dubitatif de Suzanne.

— Est-ce que tu rêves de ça aussi maintenant ?

— Pas pour l'instant.

— Tu es courageuse, déclara Suzanne d'un signe de tête admiratif. Par contre, je suis sûre que tu meurs de faim et que tu as envie de m'étriper.

— J'ai très faim et j'ai presque envie de t'étriper.

Suzanne se remit debout et chercha ses clés au fond de son sac à main.

Menthe, son loulou de Poméranie, les accueillit en jappant. Lui aussi attendait son repas. Les deux amies passèrent tout droit à la cuisine.

Pendant que Suzanne donnait à manger à son chien, Ivy explora le réfrigérateur, qu'elle avait toujours connu très bien fourni chez les Goldstein. Elle finit par en sortir une grande marmite de soupe faite maison. Entre-temps, Suzanne avait posé sur la table un moule contenant quelques *cupcakes* recouverts d'un glaçage au citron, et un grand *brownie*. Elle prit un morceau de ce dernier, s'assit sur une chaise pivotante et se balança tout en grignotant le chocolat.

— Je le tiens, Ivy, dit-elle alors. Gregory s'est pris à mon hameçon. Il ne me reste plus qu'à mouliner.

— Je croyais que tu devais le faire la semaine dernière, voire celle d'avant, lui rappela Ivy.

— C'est pour ça que j'ai besoin de ton aide, lui répondit vivement Suzanne. Je ne suis jamais sûre de rien avec lui. Ivy, il faut que je sache : est-ce qu'il est sorti avec une fille ce week-end ? Comme je n'étais pas là et qu'il a été obligé de revenir chez vous à cause de toi, je me suis demandé s'il n'avait pas ressorti son petit carnet rose et...

— Je n'en sais rien, la coupa Ivy en essayant d'attraper des pâtes avec sa cuillère à soupe.

— Comment peux-tu ne pas savoir ? Tu vis avec lui !

— Il était à la maison samedi matin. L'après-midi, on a joué au tennis et puis on est allés faire des courses. Le soir, il nous a emmenés, Philip et moi, voir un film. Il est sorti un peu dimanche après-midi, mais, le reste du temps, il était avec Philip et moi.

— Et *toi*. C'est heureux que tu sois ma meilleure amie et sa presque-sœur, commenta Suzanne, sinon, je mourrais de jalousie et je perdrais ma confiance en toi. On a de la chance, non ?

— Oui... répondit Ivy sans grand enthousiasme.

— Et lundi ? Il est sorti ?

— Un peu le matin, oui, et puis très tard le soir... Suzanne, je n'aime pas te rapporter tout ce qu'il fait.

— Pourquoi ? Tu es dans quel camp ?

— Je ne savais pas qu'il y avait un camp à choisir, lui répondit Ivy en émiettant un biscuit salé dans sa soupe.

— Alors, disons que j'aimerais savoir pour qui tu ressens le plus de loyauté, lui ou moi ? persista Suzanne. Tu sais, au début, je croyais que tu ne l'aimais pas. En fait, je pensais que tu le détestais, mais que tu ne disais rien pour ne pas me vexer.

— Je ne le connaissais pas très bien à ce moment-là, admit Ivy. Maintenant, ce n'est plus le cas. Je l'aime beaucoup, je t'aime beaucoup, toi aussi, et comme tu lui cours après...

— Je ne cours plus, je l'ai attrapé, Ivy.

— Maintenant que tu l'as attrapé, et que tu m'as attrapée, moi, il y a des années, pourquoi veux-tu qu'il y ait un camp à choisir ?

— Ne fais pas l'innocente, lui rétorqua Suzanne. On est toujours forcé de choisir son camp en amour.

Là-dessus, elle se mit à déchiqueter le brownie avec son couteau et ajouta :

— L'amour, c'est la guerre.

— Arrête, Suzanne.

— Arrête quoi ?

— Ne lui fais pas ça.

Suzanne se cala contre le dossier de sa chaise.

— Qu'est-ce que tu veux dire exactement ?

Le ton de sa voix était devenu glacial.

— Ne te sers pas de lui. Ne le manipule pas comme tu l'as fait avec les autres. Il mérite mieux que ça, beaucoup mieux.

Suzanne resta silencieuse un moment.

— Tu sais ce qu'il te faut, Ivy ? Ton propre petit copain.

Ivy baissa les yeux vers sa soupe.

— Gregory est d'accord avec moi.

Ivy redressa la tête brusquement.

— Il trouve que Will serait parfait.

— Tristan était parfait.

— *Était*, répéta Suzanne. *Était*. La vie continue, Ivy, et tu dois continuer à la vivre !

— Je le ferai quand je serai prête.

— Tu dois oublier le passé, ajouta Suzanne en se penchant au-dessus de la table pour poser la main sur le poignet d'Ivy. Tu dois arrêter de te conduire comme une petite fille et de t'accrocher constamment à la main de grand frère Gregory.

Ivy détourna le regard.

— Il faut que tu recommences à sortir et à voir d'autres garçons. Will serait un bon début.

— Mêle-toi de ce qui te regarde, Suzanne.

— On peut arranger ça, Gregory et moi.

— J'ai dit, mêle-toi de ce qui te regarde !

— D'accord, d'accord !

Suzanne se remit à jouer avec le brownie, avant de pointer le couteau vers Ivy.

— Mais, à ce moment-là, mêle-toi de ce qui te regarde aussi et arrête de me dire ce que je dois faire. Je te préviens, tu n'as pas intérêt à te mettre entre Gregory et moi.

Se mettre entre Gregory et elle ? Ivy se demanda si Suzanne souhaitait qu'elle cesse de lui donner des conseils ou de s'accrocher à Gregory.

Dans un silence pesant, chacune garda le nez baissé sur son assiette, tandis que Menthe allait de l'une à l'autre, essayant d'attirer leur attention. Finalement, au bout d'un temps qui leur parut interminable, elles trouvèrent un terrain d'entente autour du mariage auquel Suzanne avait assisté. Ivy se concentra sur le récit que Suzanne lui en fit et ponctua son discours de hochements de tête appréciateurs. Cependant, une seule pensée l'obsédait : d'une façon ou d'une autre, elle était en train de perdre une personne qui comptait beaucoup pour elle.

Chapitre 8

— On a bientôt fini, Philip, déclara Ivy. On veut juste regarder les derniers tableaux.

— Je vais chercher Gregory alors, répondit Philip en tournant les talons.

Ivy le rattrapa par son tee-shirt.

— Non. Aujourd'hui, tu restes avec Beth et moi.

Depuis quatre jours, en dehors des repas de famille, Ivy avait passé peu de temps avec Gregory. Lorsqu'ils se croisaient dans les couloirs de la maison, elle s'abstenait d'aborder des sujets qui auraient entraîné de longues conversations. Si Gregory essayait de lui parler – et plus elle l'évitait, plus il redoublait d'efforts –, elle prétextait devoir répéter dans son salon de musique.

Gregory ne semblait ni comprendre ni apprécier cette distance qu'elle instaurait entre eux. Mais quel autre choix avait-elle ? Ils s'étaient trop rapprochés.

Involontairement, Ivy avait fini par devenir dépendante de lui. Ce qui ne pouvait être si elle voulait conserver l'amitié de Suzanne.

Cet après-midi-là justement, Suzanne et Beth avaient rejoint Gregory, Philip et elle en ville, au début de Main Street, d'où partait le festival de rue. Suzanne s'était empressée de prendre Gregory par la taille d'un geste langoureux et de glisser sa main dans la poche arrière de son pantalon avant de l'entraîner loin du groupe. Ivy avait aussitôt tiré Philip dans la direction opposée. Et Beth s'était retrouvée seule au milieu.

— Viens avec nous ! lui avait lancé Ivy. Je veux voir les tableaux.

Ces derniers étaient présentés le long d'une ruelle étroite, parallèle à la rue principale et bordée de vieux magasins. Un groupe hétéroclite de promeneurs y flânait : des mères derrière leurs poussettes, de vieilles dames coiffées de chapeaux de paille, des enfants maquillés, deux hommes déguisés en clowns. Tous admiraient les peintures exposées et s'amusaient à deviner l'identité de leur auteur. Chacune portait un numéro et un titre, mais le nom des artistes resterait caché tant que le jury n'aurait pas décerné le prix, en fin de journée.

Ivy, Beth et Philip arrivaient au bout de l'exposition lorsque ce dernier avait commencé à se plaindre et à vouloir rejoindre Gregory.

Dans l'espoir de le distraire, Ivy pointa le doigt vers un tableau étrange.

— C'est quoi, à ton avis ? lui demanda-t-elle.

— *Des choses*, répondit-il en se renfrognant. C'est écrit.

— Personnellement, je vois une rangée d'allumettes, déclara Beth, ou alors des arbres en automne, des bougies de Noël, des bouteilles de ketchup, des missiles au coucher du soleil…

— Et moi, ce que je vois, c'est que c'est stupide ! s'écria Philip avec une grimace.

— Chut… Philip, parle moins fort ! l'enjoignit Ivy. Si ça se trouve, le peintre est juste derrière nous.

Philip tourna vivement la tête. Et son froncement de sourcils disparut. Son visage s'illumina.

— Non, le peintre n'est pas là, dit-il alors, mais il y a un…

Il hésita.

— Un quoi ? demanda Beth.

Ivy s'empressa de regarder derrière elle. Il n'y avait personne.

— Rien… soupira Philip en haussant les épaules.

Ils passèrent au tableau suivant, le dernier, un panneau composé de quatre aquarelles.

— Oh ! s'exclama Beth. C'est magnifique ! Numéro trente-trois, qui que tu sois, tu es mon gagnant.

— Pour moi aussi, acquiesça Ivy.

Les couleurs utilisées par l'artiste étaient comme translucides et imprégnées d'une luminosité particulière.

Ivy désigna l'une des quatre scènes représentées.

— J'aimerais bien m'asseoir dans ce jardin, dit-elle. Je pourrais y rester pendant des heures. Rien qu'à le regarder, je me sens sereine.

— J'aime bien le serpent, fit observer Philip.

« Qui d'autre qu'un garçon de son âge l'aurait remarqué ? se dit Ivy. On le voit à peine. »

— Et moi, je veux parler à la femme dans ce cadre-là, déclara Beth.

Elle était peinte assise sous un arbre, la tête tournée vers l'arrière. Des branches chargées de fleurs ruisselaient tout autour de sa chaise, des fleurs de pommier lumineuses, qui rappelèrent à Ivy des flocons de neige. Le tableau portait comme titre *Trop tôt*.

— Il y a une histoire vraie là-dessous, murmura Beth.

Ivy opina. Elle la connaissait ou, du moins, elle en connaissait une similaire : la perte d'un être cher avant même d'avoir eu l'occasion...

Sa vue se brouilla. D'un clignement de paupières, elle refoula les larmes qui voulaient perler et annonça :

— Bon, on a tout vu. Et si on allait dépenser un peu d'argent ?

— Oui ! s'exclama Philip. Où sont les manèges ?

— Il n'y en a pas, ce n'est pas une fête foraine.

Philip fut arrêté net dans son élan.

— Pas de manèges ?

Il n'en croyait pas ses oreilles.

— Pas de manèges ?!

— L'après-midi va être long... souffla Ivy.

— Gave-le de cochonneries, lui suggéra Beth.

— Je veux rentrer.

— Allons voir ce qu'on pourrait acheter dans Main Street, lança Ivy.

— J'ai pas envie.

Philip commença à serrer la mâchoire d'une façon qui n'augurait rien de bon.

— Je veux rejoindre Gregory.

— J'ai dit non ! s'exclama Ivy d'un ton si sec que

Beth lui jeta un regard surpris. Philip, il est avec son amoureuse, reprit-elle plus calmement. On ne peut pas les déranger.

Sur ce, elle se remit en marche, suivie d'un Philip qui traînait les pieds comme s'il avait fait des kilomètres et d'une Beth tout aussi lente qui avait fixé des yeux intrigués sur son amie.

— C'est vrai, s'obstina Ivy, comme si Beth lui avait demandé une explication, ce ne serait pas très gentil pour Gregory. Il n'est pas habitué à avoir des petits de neuf ans qui le suivent partout.

— Oui...

À son expression, Ivy comprit que Beth n'était pas dupe.

— Suzanne non plus, d'ailleurs, renchérit-elle néanmoins.

— Non... murmura Beth.

— C'est nul, nul et nul ! gémit Philip. Je veux rentrer à la maison.

— Eh bien, tu n'as qu'à rentrer à pied ! aboya Ivy.

À ce stade, Beth regarda rapidement autour d'elle et, soudain, s'exclama :

— Et si on allait se faire prendre en photo ? Vous savez, dans ce stand appelé Western où ils ont des déguisements. Ce serait drôle, non ?

— Excellente idée ! se réjouit Ivy. Et, s'il le faut, on leur demandera de nous faire un album entier... ajouta-t-elle en chuchotant.

Sous son pavillon, le stand installé devant la boutique du photographe rappelait un petit théâtre. On y voyait plusieurs choix de fonds de scène, plusieurs coffres de vêtements pour enfants et adultes, et des accessoires éparpillés un peu partout – des pistolets, des tasses en bois, une tête de bison en fausse fourrure. Des notes de piano métalliques s'en échappaient et donnaient à l'ensemble une atmosphère de saloon.

L'animateur lui-même était vêtu d'un chapeau de cow-boy, d'un gilet et d'un pantalon en peau retournée très moulant. Un détail qui n'échappa pas à Beth.

— Pas mal, siffla-t-elle. Pas mal du tout.

Ivy sourit.

— J'aime tout ce qui porte des bottes, ajouta Beth.

Elle avait parlé plus fort et le cow-boy se tourna.

— Will ?!

Il éclata de rire puis, voyant Beth rougir de honte, il s'approcha d'elle pour lui poser une main rassurante sur le bras. Il adressa ensuite un signe de tête poli à Ivy.

— Tout va bien ? demanda-t-il à Beth avec un sourire franc et détendu.

— J'avais complètement oublié que vu ton travail, c'est toi qui t'occuperais de ce stand ! s'exclama-t-elle.

Il était impossible de distinguer ses yeux dans l'ombre de son chapeau, mais Ivy se douta qu'il les avait à nouveau tournés vers elle, car son sourire s'estompa.

— Vous venez pour une photo ? reprit-il néanmoins.

— Oui, notre cavalier en veut une, lui répondit Ivy.

— Votre cavalier ?

— Philip, mon frère, lui expliqua Ivy. Le petit, précisa-t-elle en le montrant du doigt.

Penché au-dessus d'un coffre, les bras plongés dans

la masse de déguisements, Philip était coincé entre deux hommes à la carrure de joueurs de football américain.

— Il faudrait peut-être que j'aille l'aider, dit Will en hochant la tête. Pour ces dames, ce sera par là, ajouta-t-il par-dessus son épaule en leur indiquant un groupe de filles de l'autre côté du stand.

Certaines étaient plus âgées qu'Ivy et Beth. D'autres paraissaient plus jeunes de deux ou trois ans. Mais toutes sans exception se retournaient avec des petits rires en cherchant Will des yeux.

— Hé, cow-boy ! lança Beth. À mon avis, elles préféreraient que tu t'occupes d'elles en premier.

— Elles se débrouillent très bien sans moi, répondit Will sans s'arrêter.

— Quel magnifique postérieur...

Will s'immobilisa.

Les sourcils levés, Beth et Ivy se regardèrent, puis chacune signifia à l'autre qu'elle n'avait pas parlé.

— Je n'ai rien dit, confirma Beth dont les yeux bleus débordaient de rire.

— Moi non plus, lui assura Ivy.

Will se contenta de secouer la tête en haussant les épaules, puis reprit sa marche.

— Mais tu l'as pensé, dit une voix.

Ivy se retourna.

— Peut-être, admit Beth, mais...

Cette fois, Will fit volte-face et regarda Ivy.

— Je n'ai rien dit ! répéta celle-ci.

— Dit quoi ? demanda Will en inclinant la tête.

Ivy était certaine qu'il avait entendu mais, confuse, elle bredouilla :

— Que tu as... Que je pensais que... Oh ! et puis rien, ce n'est pas grave, conclut-elle.

— De quoi parle-t-elle ? demanda Will à Beth.

— De ton postérieur, je crois.

— Mais enfin, je me moque de son postérieur ! s'écria Ivy en levant les mains au ciel.

Le bourdonnement des voix s'interrompit sous la tente et tous les regards se braquèrent sur Will, puis Ivy.

— Tu veux voir le mien ? intervint l'une des deux armoires à glace.

— Dites-moi que je rêve... soupira Ivy tandis que Will éclatait de rire.

— Tu as les joues toutes roses, glissa Beth à Ivy d'un ton taquin.

Embarrassée, Ivy porta aussitôt les mains à son visage, mais Beth la força à les rabaisser.

— Cette couleur te va beaucoup mieux que le jaune et le violet, murmura-t-elle gentiment.

Quinze minutes plus tard, dans le vestiaire, Beth remontait la fermeture Éclair de la robe d'Ivy.

— Si je me penche, Will aura droit à un beau spectacle, grommela Ivy en se regardant dans le miroir, l'air renfrogné.

— Il verra un beau spectacle même si tu te tiens droite, rectifia Beth.

Elles avaient choisi comme déguisements des robes rouge et noir comme en portaient les filles dans les saloons. « Les petites robes de petite vertu », comme Beth les appelait.

Elle aplatit la sienne sur ses hanches.

— Moi, mon homme, j'me fous d'savoir si respect' la loi tant qui respect' la mienne ! dit-elle avec l'accent traînant et nasillard de l'ouest des États-Unis.

Ivy s'esclaffa, avant de jeter un nouveau coup d'œil embarrassé vers son reflet dans le miroir. Beth ne lui avait trouvé qu'une toute petite taille et pas une courbe de son corps n'échappait aux regards. Aussi n'avait-elle pas grande envie de soulever le rideau qui fermait le vestiaire, et ce bien que Beth l'ait assurée du départ des deux grands baraqués. Ces Macho Men ne la dérangeaient pas ; Will, par contre, l'intimidait.

Il le sentit sans doute, car il tendit la main à Beth lorsqu'elles sortirent enfin.

— Mam'zelle Lizzie, z'êtes en beauté aujourd'hui ! plaisanta-t-il. Vous aussi, mam'zelle Ivy, ajouta-t-il en baissant la voix.

— Et moi ? lança Philip.

Il venait d'apparaître, vêtu d'un pantalon à franges et d'un gilet qui lui allaient presque. En revanche, on aurait pu cacher dix Philip comme lui sous son chapeau de cow-boy.

— Redoutable, déclara Will. Impressionnant. Dommage qu'on ne voie pas ton menton.

Un peu plus à l'aise, Ivy rit de bon cœur.

— Et si on essayait un autre tour de tête ?

— Noir, s'il te plaît.

— D'accord, mais petit.

Will trouva à Philip une taille de chapeau plus appropriée et leur demanda à tous trois de se mettre en position devant lui. Il repoussa alors son propre chapeau sur sa nuque et se baissa pour régler son appareil. Ce dernier était récent, mais dissimulé dans une chambre noire sur trépied. Pour parfaire la mise en scène, à chaque prise de photo, Will appuyait sur une poire pour créer un petit nuage de fumée.

Le nuage se dissipa, la lumière du flash s'éteignit et Will se redressa. Il avait un air presque cocasse et Ivy pensa d'abord que son expression faisait partie du spectacle. Toutefois, l'intensité de son regard les poussa, Beth, Philip et elle, à regarder derrière eux.

— Euh… je vais recommencer, lança Will. Vous pouvez reprendre la pose, s'il vous plaît ?

Ils s'exécutèrent et une autre boule de fumée s'éleva.

— Tu as eu un problème la première fois ? demanda Beth.

— Je ne sais pas vraiment, lui répondit Will.

Tous deux échangèrent un regard qu'Ivy ne sut interpréter, d'autant que, sur un hochement de tête bref, Will coiffa de nouveau son chapeau et leur dit :

— Le développement ne prend que quelques minutes. Vous en voulez deux ou trois copies ?

— Deux, ça suffira, décida Ivy. Une pour Beth, et une pour nous.

— Je veux mon exemplaire aussi, exigea Philip.

— Et moi pareil, dit une autre voix.

Tout le monde se tourna.

— Salut, camarade ! lança Gregory en tendant la main à Philip. Mesdames… ajouta-t-il en détaillant Ivy de la tête aux pieds.

Suzanne ne passa pas autant de temps à admirer son amie.

— Alors là, tu n'aurais pas pu choisir plus moulant,

lui fit-elle remarquer aussitôt. Je suis surprise que les gens ne fassent pas la queue pour regarder.

Will tira sur la couture de son pantalon.

— Tu parles d'elle ou de moi ? demanda-t-il d'un ton léger.

Gregory éclata de rire et Beth aussi, non sans jeter un regard gêné vers Suzanne. Visiblement, celle-ci ne trouvait rien de drôle à la situation.

Will inséra les deux films dans la machine à développer et prépara son appareil pour les clients suivants.

— Il n'y avait que deux robes identiques, s'empressa de raconter Ivy à Suzanne, et Beth et moi voulions être habillées pareil. On a été obligées de prendre ce qui était disponible... Explique-lui, Beth !

Pendant que celle-ci répétait quasiment les mêmes mots, Ivy se demanda soudain pourquoi elle essayait toujours de se disculper. Dans quel but ? Tant que Gregory aurait des yeux baladeurs, c'était sans espoir.

Irritée, elle se tourna vers le vestiaire. Mais Gregory la retint par le bras.

— On vous attend, lui dit-il. On veut aller voir les tableaux de Will.

Ivy entendit les doigts de Suzanne tambouriner sur le couvercle d'un coffre. La bague rose qu'elle avait au doigt lançait des éclairs.

— On les a déjà vus, répondit Ivy à Gregory.

— Sauf qu'on ne sait pas lesquels c'étaient, intervint Beth.

— Ce sont les aquarelles, lui révéla Gregory.

— Les aquarelles ? s'exclamèrent Ivy et Beth d'une seule voix.

— Will ? appela Gregory. Quel est ton numéro d'enregistrement ?

— Trente-trois, répondit celui-ci depuis l'autre bout du stand.

Beth et Ivy se regardèrent.

— Alors, c'est toi qui as peint le jardin dans lequel Ivy dit qu'elle veut passer des heures ? fit observer Beth.

— Là où il y a le serpent ? dit Philip.

— Et la femme assise sous les branches de pommier en fleur ? ajouta Ivy.

— Oui, confirma Will tout en plaçant ses nouveaux clients devant son objectif.

— Mais c'est magnifique ! lui lança Beth.

— J'ai adoré le serpent ! annonça Philip.

Ivy regarda Will sans rien dire. Il agissait de nouveau comme le Will O'Leary détaché, indifférent à ses créations ainsi qu'aux réactions qu'elles provoquaient.

Mais, soudain, il tourna la tête. Comme pour vérifier qu'Ivy était encore là. Elle comprit qu'il attendait sans doute son commentaire.

— Ton travail est vraiment... est vraiment...

Tous les mots qui se présentaient à son esprit lui semblaient plats.

— Ne te force pas, lui dit Will avant qu'elle ait le temps de trouver la description adéquate.

— Bon, vous nous rejoignez ou pas ? demanda Gregory d'un ton impatient.

— Oui, oui, dans une minute, décida Beth en poussant Ivy et Philip vers les cabines.

Philip avait déjà entrepris de se déshabiller.

— Non, je ne peux pas ! lança Ivy en s'arrêtant. Je joue à cinq heures et je dois…

— Répéter ? la coupa Gregory, les yeux emplis de colère.

— J'ai besoin de temps pour me concentrer. Et je n'y arrive pas si je ne suis pas seule.

— Quel dommage que tu ne puisses pas nous accompagner, susurra Suzanne.

Pour épargner son amie, Ivy venait de réussir à blesser Gregory et elle souffrit de le voir lui tourner le dos.

Elle s'attarda dans le vestiaire pour donner à tout le monde le temps de s'éloigner. Lorsqu'elle sortit enfin, il ne restait plus sur le stand que deux clients qui riaient en essayant les chapeaux.

Will se reposait sur une chaise en toile, une jambe posée sur un coffre. Il étudiait une photo, qu'il retourna contre lui lorsqu'il aperçut Ivy.

— Merci d'être venue, lui dit-il.

— Will, tu ne m'as pas laissé le temps de t'expliquer ce que j'ai aimé dans tes tableaux. Je n'arrivais pas à trouver les mots…

— Je ne cherche pas les compliments, Ivy.

— Peu importe que tu les cherches ou non, lui répondit-elle en se laissant tomber sur une chaise en face de lui. J'aime ce que tu fais et je voudrais te dire pourquoi.

Un sourire se dessina sur les lèvres de Will.

— D'accord, je t'écoute.

— C'est au sujet de celui que tu as appelé *Trop tôt*.

Will ôta son chapeau. Ivy aurait préféré qu'il le

garde. Pour une raison quelconque – et de plus en plus –, elle trouvait difficile de lui parler les yeux dans les yeux. Elle avait beau se convaincre que ce n'étaient que deux billes marron, quand elle les regardait, elle avait l'impression de s'y noyer.

Elle avait lu quelque part que les yeux étaient les fenêtres de l'âme. À cet instant, celles de Will étaient grandes ouvertes.

Ivy tâcha de se concentrer sur ses mains.

— Parfois, quand on est ému, on a du mal à s'exprimer. Bien sûr, j'aurais pu dire que ton tableau était beau, fabuleux, impressionnant, mais ça n'aurait pas complètement décrit ce que j'ai ressenti, parce qu'en plus de toutes ces impressions, il m'a touchée profondément. C'est tout.

— Merci, dit Will.

Elle leva la tête pour lui sourire – et le regretta vite.

— Ivy…

Elle essaya de détourner le regard, en vain.

— … comment vas-tu ?

— Bien. Vraiment.

Pourquoi se sentait-elle toujours obligée de donner la même réponse ? Et pourquoi, lorsque c'était à Will qu'elle la donnait, avait-elle le sentiment qu'il n'était pas dupe ?

— Moi aussi, j'ai quelque chose à dire, reprit-il. Prends soin de toi.

Elle sentit son regard sur sa joue, celle où s'attardait encore le bleu causé par sa chute le soir de l'agression, et ce bien qu'elle ait fait de son mieux pour le dissimuler sous son maquillage.

— S'il te plaît, prends soin de toi, répéta Will.

— Pourquoi voudrais-tu que je ne le fasse pas ? s'agaça Ivy.

— Parce que, parfois, on n'y pense pas, c'est tout.

Ivy aurait bien aimé lui crier qu'il ne savait pas de quoi il parlait, qu'il n'avait jamais perdu un être cher. Mais elle se rappela que, selon Gregory, Will avait eu une jeunesse difficile. Peut-être la comprenait-il en réalité très bien.

— Qui est la personne que tu as peinte ? lui demanda-t-elle alors. Quelqu'un que tu connaissais ?

— Ma mère. Mon père n'arrive toujours pas à regarder ce tableau.

Il balaya cette pensée d'un geste las et se pencha vers Ivy.

— Fais attention à toi, lui souffla-t-il encore une fois. N'oublie pas que certaines personnes ne supporteraient pas de te perdre.

Ivy baissa les yeux.

Il tendit la main vers elle et effleura sa joue contusionnée. Instinctivement, et bien qu'il ne lui fasse aucun mal, elle se recula. C'est alors qu'elle sentit sa main venir se poser et se refermer sur sa nuque. Elle ne pourrait pas lui échapper. Mais le voulait-elle vraiment ?

— Sois prudente, Ivy, lui répéta-t-il, les yeux étincelants d'une étrange intensité. Sois prudente, tu m'entends ? Sois prudente !

Bouche bée, Ivy cligna des yeux, repoussa brusquement son bras et se leva d'un bond avant de quitter le stand en courant.

Chapitre 9

Tristan s'allongea dans l'herbe, épuisé. Le parc situé au bout de la rue principale s'emplissait peu à peu. Les couvertures de pique-nique y ressemblaient à des radeaux colorés sur une mer émeraude. Des enfants sautaient, roulaient, se bagarraient. Des chiens tiraient sur leur laisse, désireux de se regrouper. Près de Tristan, deux adolescents s'embrassaient sous l'œil attendri d'un couple d'adultes qui avaient repoussé leurs lunettes de soleil sur le bout du nez pour mieux voir.

Lacey était partie explorer la scène préparée pour le spectacle de cinq heures. Elle réapparut soudain et se laissa tomber à côté de Tristan.

— C'était idiot de faire ça, le sermonna-t-elle.

— De faire quoi ?

Qu'avait-elle à lui reprocher ? L'après-midi avait été riche en événements.

— D'essayer d'entrer dans l'esprit de Gregory, gronda Lacey. Tu as eu de la chance qu'il ne te catapulte pas jusqu'à Manhattan, ou Los Angeles !

— Je n'en pouvais plus, Lacey. Je veux savoir à quoi il joue avec Ivy et Suzanne.

— Et tu en as déduit que la meilleure solution était d'effectuer un petit état des lieux de son cerveau ? s'exclama Lacey, incrédule. Tu aurais dû m'en parler d'abord. Il n'a rien de très original dans sa façon de traiter les filles. Il mène en bateau celle qui veut de lui et continue de pourchasser Mme l'Intouchable.

Lacey approcha son visage de celui de Tristan.

— Tu ne crois pas que j'ai raison ? lui souffla-t-elle.

Tristan resta sans réponse. Le jeu de séduction auquel Gregory s'adonnait avec Ivy n'était pas la seule chose qui l'inquiétait. Depuis qu'il avait établi le lien entre la mort de Caroline et la livraison d'Ivy dans la maison voisine, Tristan cherchait à découvrir les intentions secrètes de Gregory.

— Bref, conclut Lacey, j'espère que l'expérience t'aura servi de leçon.

— J'ai une grosse migraine. Tu es satisfaite ?

— Si ça peut te rassurer, à mon avis, Gregory en a une bonne aussi, lui murmura Lacey en posant une main sur son front.

Surpris par cette démonstration inhabituelle de tendresse, Tristan la scruta, le regard méfiant. Lacey s'écarta de lui, fronça elle-même les sourcils en riant, puis poursuivit sur un ton redevenu sérieux :

— Et puis, qu'est-ce qui t'a pris de courir après Philip aussi ? Encore de l'énergie gâchée ! Il voit notre halo et il s'attire des ennuis chaque fois qu'il en parle.

Gregory était d'une humeur massacrante après le petit échange qu'il a eu avec lui à ce sujet.

— Il fallait que je révèle mon identité à Philip. Beth a signé mon nom sur l'écran de l'ordinateur. Alors, s'il lui dit qu'il me voit, ou qu'il voit ma lumière, tôt ou tard, elle finira par le croire.

Lacey secoua la tête d'un air sceptique.

— Puisqu'on en est à parler d'humeur, reprit Tristan en se soulevant sur un coude, j'ai pu constater que celle de Gregory s'était nettement améliorée quand Philip s'est arrêté de lui parler d'anges pour lui en montrer un spécimen en vrai… Tu peux m'expliquer pourquoi tu as décidé de te joindre à la photo de famille ?

Lacey détourna la tête et concentra son attention sur les trois femmes en justaucorps qui venaient d'entrer en scène.

— Qu'est-ce qu'elles vont faire à ton avis ? lui demanda-t-elle.

— De la danse ou de l'aérobic, dit Tristan d'un ton sec. Réponds à ma question.

— Si j'avais été à leur place, j'aurais mis un voile.

— Alors ?

— Je m'entraînais à la semi-matérialisation, daigna-t-elle enfin lui expliquer. En d'autres termes, à redevenir presque entièrement solide sans prendre la forme effective d'un corps. On ne sait jamais, ça pourrait m'être utile un jour. Pour mener ma mission à bien, évidemment.

— Évidemment. C'est sans doute aussi pour cette raison que tu as donné de la voix sur le stand ? Pour t'aider à mener ta mission à bien ?

— Oh, *ça* ? s'exclama Lacey avec un bref revers de main. C'était pour t'aider dans *ta* mission.

— *Ma* mission ?

— À ma façon. Toi et moi avons des styles très différents.

— Effectivement. Il ne me serait jamais venu à l'idée de dire à Will qu'il avait un beau postérieur.

— Pas beau, magnifique ! rectifia Lacey. Le plus magnifique que j'avais vu depuis longtemps…

Elle considéra Tristan un moment.

— Tourne-toi.

— Tu peux toujours courir.

— Le problème avec ta dulcinée, reprit-elle après un éclat de rire, c'est qu'elle porte sa peau comme une armure. Je me suis dit qu'une petite plaisanterie l'aiderait à se dérider et à s'ouvrir un peu à Will. Comme son chapeau lui dissimulait les yeux, j'ai sauté sur l'occasion. Je crois que ce sont eux qui la dérangent et qui la poussent à se fermer comme une huître en sa présence.

— C'est parce qu'elle m'y voit.

— Certains beaux mâles produisent ce genre d'effet sur les filles, poursuivit Lacey sans relever. Elles ont l'impression de se noyer dans leur regard.

— Elle ne le sait pas, mais c'est parce qu'elle m'y voit, répéta Tristan.

Face au silence de Lacey, il se redressa complètement.

— Lacey, est-ce qu'Ivy voit que je la regarde, oui ou non ?

— Non. Elle voit un garçon qui est tombé amoureux d'elle et ça la terrifie.

— C'est faux ! Tu te trompes.

— Non.

— D'accord, il a peut-être un penchant pour elle et Ivy le trouve, peut-être, vaguement séduisant, mais…

— Comme tu veux, soupira-t-elle en s'allongeant dans l'herbe et en glissant un bras sous sa tête. De toute façon, tu ne croiras que ce que tu as envie de croire. D'ailleurs, ton Ivy fait pareil, même avec des preuves sous le nez.

— Ivy n'aimera jamais personne d'autre. Je ne le savais pas avant l'accident, mais j'en suis sûr maintenant. Ivy m'aime. Point.

Lacey tapota l'avant-bras de Tristan d'un de ses ongles longs.

— Tu n'oublies qu'un léger détail : tu es mort maintenant.

Tristan replia les jambes et posa les mains sur ses genoux. Il focalisa son attention, matérialisa le bout de ses doigts et arracha rageusement des touffes d'herbe.

— Tu fais des progrès, fit observer Lacey. C'est allé vite.

Tristan était bien trop en colère pour apprécier le compliment.

— Tristan, tu as raison. Ivy n'aime personne comme elle t'aime, toi. Mais le monde continue de tourner et, si tu veux qu'elle vive, tu ne peux pas la forcer à rester amoureuse de la mort. La vie appelle la vie. C'est ainsi que ça fonctionne.

Tristan garda le silence. Ce fut à son tour d'observer les trois femmes en justaucorps. Après une série de bonds, celles-ci quittèrent la scène d'un pas lourd, luisantes de transpiration. Arriva alors une petite fille déguisée en Anny, qui vociféra interminablement *Demain*, l'une des chansons leitmotiv de la comédie musicale.

— Peu importe qui a raison au bout du compte, déclara enfin Tristan. J'ai besoin de Will. Je ne peux pas aider Ivy sans lui.

— Quand on parle du loup, dit Lacey en faisant un signe de tête vers l'entrée du parc. Il a dû fermer le stand pour l'occasion. Regarde-le, il va s'asseoir tout seul.

— Les autres sont là-bas, indiqua Tristan, le doigt pointé dans la direction opposée.

À plat ventre sur une grande couverture, Beth et Philip suivaient de loin le déroulement du spectacle tout en fabriquant une chaîne de trèfles. Suzanne était installée derrière Gregory, les bras autour de sa taille, le menton calé sur son épaule. Eric les avait rejoints, mais il avait pris place sur l'herbe. Il roulait nerveusement un coin de leur couverture entre ses doigts. Régulièrement, il tendait le cou pour regarder au-delà de la foule puis, subitement, derrière lui, le corps parcouru de frissons. Plusieurs autres numéros précédèrent celui d'Ivy. Lorsqu'elle entra enfin en scène, Philip se leva aussitôt pour applaudir. Des rires s'élevèrent dans le public et Ivy elle-même jeta un œil amusé dans la direction de son frère.

— Il sait y faire quand il s'agit de la soutenir, déclara Lacey. Il a réussi à détendre l'atmosphère. J'aime bien ce gamin.

Ivy s'installa au piano. Mais au lieu d'interpréter la

mélodie au programme, elle entama *Sonate au clair de lune*, qu'elle avait fait découvrir à Tristan un soir, il y avait si longtemps, lui semblait-il.

« Elle joue pour moi », songea Tristan. « Elle joue pour moi ! » aurait-il aimé crier à la foule. Ce soir-là, elle avait illuminé sa nuit et elle avait dansé avec lui. « Ivy joue pour moi ! » mourait-il d'envie de dire à Will et Gregory.

Ce dernier se tenait immobile, indifférent aux gestes de Suzanne, les yeux rivés sur Ivy, comme envoûté.

De son côté, Will avait le bras nonchalamment posé sur son genou relevé. Toutefois, il n'y avait rien de nonchalant à sa façon d'écouter et d'observer Ivy. Il buvait comme des gouttes de rosée chacune des notes qu'elle jouait et ses yeux dévoraient son corps en mouvement.

Tristan s'approcha de lui et regarda de son point de vue les doigts d'Ivy qui dansaient sur le clavier, ses cheveux blonds irisés par le soleil de fin d'après-midi, l'expression de son visage...

Ils ne vivaient plus dans le même monde et il aurait tout donné pour la rejoindre dans le sien. Elle ne le savait pas et Tristan redoutait de ne jamais trouver le moyen de le lui dire.

En un clin d'œil, il accorda ses pensées à celles de Will et se glissa dans son esprit pour écouter Ivy avec ses oreilles. Lorsqu'elle eut fini de jouer, c'est avec lui qu'il sauta sur ses pieds et applaudit, encore et encore, les bras levés au-dessus de sa tête. Ivy salua plusieurs fois et, ce faisant, lança un regard discret dans leur direction.

Puis elle se tourna vers les autres. Suzanne, Beth

et Eric criaient en frappant dans leurs mains. Philip sautait sur place pour essayer de voir sa sœur que la foule, debout, lui cachait. Quant à Gregory, qui s'était levé avec tout le monde, il semblait pétrifié. L'espace d'un instant, Ivy et lui furent les seuls, dans ce parc qui retentissait d'ovations, à se tenir immobiles, silencieux, les yeux rivés l'un à l'autre, comme en dehors du temps.

Brusquement, Will tourna les talons et se dirigea d'un pas vif vers la rue. Surpris, Tristan se hâta de s'extraire de son hôte et se laissa tomber dans l'herbe. Lacey le rejoignit presque instantanément. Sans un mot, elle s'assit à ses côtés, épaule contre épaule, comme Tristan et ses partenaires de l'équipe de natation avaient eu l'habitude de le faire.

— J'avais tort, Lacey, lui dit Tristan d'un ton las. Et toi aussi. Ivy ne voit...

— Que Gregory. C'est vrai, admit Lacey.

— Gregory... répéta Tristan d'une voix empreinte d'amertume. Lacey, comment vais-je pouvoir aider Ivy maintenant ?

Curieusement, après le spectacle, Ivy fut moins affectée par la froideur de Suzanne qu'elle ne l'avait escompté. Il était prévu qu'elle rejoigne le groupe à la sortie du parc. Lorsqu'elle arriva, Suzanne se mit de profil pour ne pas avoir à la regarder.

Ivy lui posa la main sur le bras.

— Qu'est-ce que tu as pensé des tableaux de Will ? lui demanda-t-elle.

Suzanne fit la sourde oreille.

— Suzanne ? Ivy se demande si tu as aimé le travail de Will, répéta Beth doucement.

— Qu'est-ce que tu disais, Beth ? lança Suzanne. Excuse-moi, je ne t'avais pas entendue !

Beth regarda ses deux amies d'un air embarrassé. Amusé par le spectacle, Eric s'esclaffa, tandis que Gregory demeurait impassible, l'air absent.

— On parlait des tableaux de Will… répondit Beth.

— Ils sont super ! déclara Suzanne, le regard résolument fixé loin d'Ivy.

Des enfants, des ballons à la main, passèrent devant elle en courant. Ivy en profita pour suivre leur mouvement et lui faire face. Cette fois, Suzanne lui montra carrément le dos.

Pour combler le fossé qui se creusait entre elles, Beth s'efforça de lancer des sujets de conversation. Mais Ivy lui facilita bientôt la tâche en annonçant qu'elle devait accompagner son frère chez son camarade de classe.

À sa surprise, Philip n'éleva aucune protestation. Il comprenait plus de choses qu'elle ne l'aurait pensé. De fait, il attendit d'avoir dépassé un pâté de maisons pour dire à sa sœur :

— Sammy vient juste de rentrer de colonie. Je ne peux aller chez lui qu'à sept heures.

Ivy posa une main sur son épaule.

— Je sais. Merci de ne pas l'avoir mentionné.

Ils poursuivirent leur route vers le parking. En chemin, Ivy s'arrêta pour acheter deux bouquets de fleurs de pavot chez un petit fleuriste. Philip ne lui demanda pas la raison de cet achat, ni le nom du destinataire. Peut-être les avait-il devinés aussi.

Une fois en voiture et loin du festival, Ivy se sentit plus légère. Elle s'était appliquée à rassurer Suzanne. Elle avait tenu Gregory à distance. À plusieurs reprises, elle avait tendu à son amie une main amicale, chaque fois repoussée. Désormais, elle ne voyait plus aucune raison de fournir des efforts ni de prendre des gants avec leur couple.

Sa colère s'apaisa ; elle se sentit soulagée d'un fardeau qu'elle n'avait jamais voulu porter et elle se mit à fredonner.

— Pourquoi est-ce que tu as pris deux bouquets ? lui demanda alors Philip. Il y en a un de ma part ?

Il avait compris.

— En fait, lui précisa Ivy, ils sont tous les deux de notre part. Je me suis dit que ce serait gentil d'apporter des fleurs sur la tombe de Caroline.

— Pourquoi ?

— Parce que c'était la mère de Gregory et que Gregory est gentil avec nous, lui répondit Ivy en haussant les épaules.

— Pourtant, elle était ignoble.

— Pardon ? s'exclama Ivy en tournant un regard surpris vers son frère.

« Ignoble » ne faisait pas partie de son vocabulaire.

— C'est la mère de Sammy qui le dit.

— Eh bien, la mère de Sammy n'est pas au courant de tout, lui répliqua Ivy alors qu'ils passaient les grandes grilles en fer forgé de Riverstone Rise.

— Elle connaissait Caroline, insista Philip.

Ivy savait que la mère de Gregory n'avait pas été

très appréciée au sein de la communauté. Son propre fils n'avait jamais rien à dire de positif à son sujet.

— D'accord, reprit Ivy en se garant, on va dire que j'offre les fleurs orange à Caroline et qu'on offre tous les deux le bouquet lavande à Tristan.

Ils marchèrent en silence vers la section du cimetière où se trouvaient les caveaux des grandes familles de la région. Une fois devant la tombe de Caroline, Ivy y déposa le bouquet.

— Elle est froide ? lui demanda Philip, qui avait gardé ses distances.

— Froide ?

— La sœur de Sammy dit que les tombes des gens méchants sont froides.

— Elle est très chaude, au contraire. Regarde, quelqu'un a apporté une rose rouge. Ça doit être une personne qui a beaucoup aimé Caroline.

Philip fit une moue perplexe. Il semblait impatient de s'en aller. Ivy fut saisie de crainte à l'idée qu'il ne se comporte étrangement sur la tombe de Tristan. Dès qu'ils en prirent la direction, cependant, il se mit à sauter de pierre en pierre et redevint le petit garçon bavard et gai qu'il était à l'accoutumée.

— Tu te rappelles quand Tristan s'est mis de la salade sur la tête au mariage de maman ? lança-t-il en gambadant. La sauce lui dégoulinait dans le cou ! Et les bâtonnets de céleri dans ses oreilles, tu t'en souviens ?

— Oui, des queues de crevettes dans ses narines aussi, répondit Ivy.

— Et des trucs noirs sur ses dents.

— Les olives ? Oui, je m'en souviens.

C'était la première fois depuis l'enterrement que Philip parlait de Tristan, du moins du Tristan avec lequel il avait joué. Ivy se demanda ce qui avait soudain libéré sa parole.

— Et tu te rappelles comme je le battais aux dames ? reprit-il.

— Oui, toujours à la belle.

— Ouais, lança Philip avec un large sourire avant de s'éloigner.

Il courut jusqu'au dernier d'une rangée d'élégants mausolées, s'arrêta et frappa à la porte.

— Debout là-dedans ! s'écria-t-il.

Puis, tout en battant des bras comme s'il avait des ailes, il s'envola jusqu'à l'intersection suivante, où il attendit Ivy.

— Tristan était drôlement bon à la Megadrive, lui dit-il alors.

— Oui, il t'a montré de bonnes astuces.

— Ouais. Il me manque.

— À moi aussi, murmura Ivy, la gorge serrée par l'émotion.

C'est avec soulagement qu'elle vit Philip s'élancer à nouveau dans l'allée. Elle n'aurait pas voulu gâcher ses souvenirs heureux avec des larmes.

Une fois devant la tombe de Tristan, elle s'agenouilla et caressa du bout des doigts son nom, ainsi que ses dates de naissance et de décès, inscrits dans la pierre. Puis elle lut en silence la prière également gravée dans la stèle, qui demandait aux anges de veiller sur lui. Philip, qui l'avait imitée dans chacun de ses gestes, entreprit alors d'arranger les fleurs en forme de « T ».

« Il a l'air moins triste qu'avant, se dit Ivy en l'observant. Peut-être le temps finira-t-il par agir sur moi aussi. »

— Tristan sera content de les trouver à son retour, déclara soudain Philip en se redressant pour admirer son œuvre.

Ivy pensa qu'elle avait mal entendu.

— J'espère qu'elles ne se seront pas fanées d'ici là, poursuivit-il.

— Quoi ?

— S'il revient cette nuit, ça devrait aller.

Ivy se couvrit la bouche d'une main. Cette histoire allait trop loin. Elle n'avait aucune envie de confronter son frère, mais quelqu'un allait devoir le faire, et elle savait qu'elle ne pouvait pas compter sur sa mère. Elle opta pour la prudence.

— Où se trouve Tristan maintenant, à ton avis ? demanda-t-elle à Philip doucement.

— Au festival, lui répondit ce dernier sans hésitation.

— Comment le sais-tu ?

— C'est lui qui me l'a dit. Tristan est devenu mon ange gardien. Tu ne veux pas que j'en parle, enchaîna-t-il pour ne pas laisser à sa sœur le temps de le sermonner, mais je ne mens pas. Je ne savais pas que c'était lui que je voyais, jusqu'à ce qu'il me l'explique tout à l'heure.

Prise de frissons, Ivy serra ses bras croisés contre elle.

— Il doit être resté là-bas avec l'autre, ajouta Philip.

— L'autre ? répéta Ivy.

— L'autre ange… souffla Philip.

Il tira une photo froissée de sa poche. C'était l'une de celles que Will avait prises d'eux sur le stand. Will avait dû rencontrer un problème pendant le développement, à moins que le film n'ait été voilé, car une tache blanchâtre apparaissait derrière Philip.

— C'est elle, l'autre ange, déclara Philip en montrant la forme du doigt.

Ivy tenta de se rassurer en se disant qu'effectivement, la silhouette pouvait évoquer un corps féminin.

— Où as-tu trouvé cette photo ?

— Will me l'a donnée. Je lui ai demandé de la récupérer quand je me suis rendu compte qu'on ne voit plus la fille dans la copie que tu as. Je crois que c'est une amie de Tristan.

Ivy ne pouvait que trop bien se représenter ce que l'imagination fertile de Philip inventerait ensuite – une communauté entière d'amis et de parents, tous devenus anges.

— Tristan est mort, murmura-t-elle. Mort. Est-ce que tu comprends ?

— Oui.

Sous sa peau lisse comme un bébé et dorée comme un soleil couchant, le visage de Philip affichait le sérieux et la gravité d'un adulte. Ivy aurait préféré éviter cette comparaison mais, à cet instant précis, son frère était l'image même d'un ange.

— L'ancien Tristan me manque, reprit Philip. C'est dommage qu'il ne puisse plus jouer avec moi. Des fois, j'ai encore envie de pleurer. Mais je suis content qu'il soit devenu mon ange. Il t'aidera aussi, Ivy.

Il n'y avait rien à faire. Elle ne raisonnerait jamais un enfant qui croyait si fermement dans ce qu'il disait.

— C'est l'heure de partir, annonça-t-elle.

Philip bascula la tête en arrière et hurla :

— J'espère que ça te plaira, Tristan !

Ivy s'éloigna rapidement. Il lui tardait de déposer Philip chez Sammy pour la nuit. Maintenant que son camarade était de retour, peut-être Philip reviendrait-il à la réalité.

En rentrant, Ivy trouva un mot de sa mère lui rappelant qu'Andrew et elle étaient partis au dîner de gala du festival.

— Parfait, déclara Ivy à voix haute.

Elle avait eu son lot de conversations difficiles pour la journée. Une soirée en la seule compagnie d'Ella et d'un bon livre était exactement ce dont elle avait besoin. Elle monta dans sa chambre en courant, ôta chacune de ses deux chaussures en s'aidant de l'autre pied, puis elle troqua sa tenue de pianiste pour son tee-shirt préféré, plein de trous, très long et très large.

— Mademoiselle est-elle prête à dîner ? demanda Ivy à Ella qui l'avait suivie à l'étage puis, de nouveau, dans la cuisine.

Ivy posa deux boîtes de conserve sur le plan de travail.

— Ce soir, tu as droit à des boulettes au poisson de mer. Et moi, à du thon. Je vais tâcher de ne pas les mélanger.

Ivy s'affaira, tandis qu'Ella se frottait contre ses jambes en miaulant doucement.

— Tu te demandes pourquoi je sors la belle vaisselle ? reprit Ivy en prenant dans le placard deux assiettes en verre taillé, ainsi qu'un verre et un bol en cristal. Parce qu'on fête un événement : j'ai réussi à jouer mon morceau, Ella, j'ai joué le mouvement du début à la fin !

La petite chatte miaula de nouveau.

— Non, pas celui qu'on a répété ensemble, poursuivit Ivy. J'ai exécuté la *Sonate au clair de lune*, d'un trait, de la première à la dernière note. Tu te rends compte ?

Ivy soupira.

— Je crois qu'il fallait que je le fasse pour lui une dernière fois avant de pouvoir rejouer pour moi. Maintenant, plus rien ne m'arrêtera ! Viens, mon chat.

Ella suivit sa maîtresse dans le séjour et l'observa avec des yeux curieux tandis qu'Ivy allumait une bougie et la posait par terre entre elles deux.

— C'est chic, non ?

Ella émit un miaulement satisfait.

Ivy ouvrit les grandes portes-fenêtres qui donnaient sur le patio à l'arrière de la maison, puis mit un CD de jazz aux accents doux.

— Tous les chats n'ont pas la chance de passer des samedis soir comme celui-ci. J'espère que tu apprécies.

Ella ronronna pendant toute la durée du repas. Ivy se sentait bien, elle aussi. Un sourire aux lèvres, elle regarda Ella faire sa toilette et s'installer au coin des moustiquaires qui protégeaient l'ouverture des portes-fenêtres, le museau et les oreilles dressés, à l'affût des odeurs et des sons de ce début de soirée.

Ivy observa quelques minutes le crépuscule qui descendait avant de remarquer un livre sous le coussin d'une chaise. C'était un recueil de nouvelles laissé là par Gregory. Ivy déplaça la bougie, roula sur le ventre et ouvrit l'ouvrage à la première page.

La lecture lui fit rapidement prendre la mesure de sa fatigue. À la lumière hypnotique de la flamme vacillante, les mots se brouillèrent sous ses yeux. Ivy tâcha de se concentrer sur l'intrigue, une histoire policière. Toutefois, avant que l'assassin ne frappe une seconde fois, les paupières d'Ivy s'étaient fermées.

Elle n'aurait su dire combien de temps elle avait dormi. D'un sommeil sans rêves. Son esprit s'était éveillé d'un coup, alerté par un son.

Même les yeux fermés, elle comprit qu'il était tard. Le CD était terminé et, dehors, les grillons chantaient à tue-tête. Ivy tendit l'oreille vers le doux battement de la pendule sur la cheminée de la salle à manger. Elle avait perdu la notion du temps. Était-il onze heures ? Minuit ?

Sans soulever la tête, elle ouvrit les paupières sur une pièce plongée dans la pénombre. La bougie s'était presque consumée. Ella avait disparu et l'une des portes moustiquaires, aux reflets argentés sous la lune, béait.

Ivy sentit les poils se hérisser sur ses bras et son sang se glaça. Certes, Ella avait pu trouver le moyen de pousser la porte elle-même. Cependant, la brise fraîche qui entrait se transformait en courant d'air, attiré vers une autre porte, située derrière Ivy. Celle qui menait vers la galerie. Elle était fermée lorsque Ivy s'était endormie.

Elle était ouverte maintenant – Ivy n'eut pas besoin de se retourner pour s'en rendre compte. Tout comme elle comprit que quelqu'un se tenait dans l'encadrement et l'observait. Une latte craqua, puis une autre, tout près d'elle. Ivy sentit la sinistre présence se dresser au-dessus d'elle.

Lentement, sans bouger, elle retint son souffle, avant d'ouvrir la bouche et de hurler.

Chapitre 10

Ivy cria, se débattit, donna des coups de pied. Penché sur elle, on la maintint au sol et on lui plaqua une main sur le nez et la bouche. Elle continua de hurler malgré l'étouffement, essaya de mordre. Puis elle rassembla toutes ses forces pour rouler de droite et de gauche. Elle le déséquilibrerait, le ferait tomber sur la bougie s'il le fallait.

— Ivy ! C'est moi ! Tais-toi, tu vas faire peur à Philip !

Tous les muscles de son corps se relâchèrent d'un coup.

— Gregory ?

Il se releva lentement et elle se tourna. Transpirants, essoufflés, ils se dévisagèrent un instant.

— Je croyais que tu dormais, reprit Gregory. Je voulais juste voir si tu allais bien sans te réveiller.

— C'est juste que... je ne savais pas... Philip n'est pas

là. Il passe la nuit chez Sammy, et maman et Andrew sont au gala.

— Tout le monde est sorti ? demanda Gregory sèchement.

— Oui, et j'ai pensé que...

Gregory se frappa la paume de la main plusieurs fois avec le poing.

— Tu es malade ou quoi ? s'exclama-t-il. Tu es malade ! répéta-t-il en lui saisissant les deux bras. Comment peux-tu être aussi bête ?

— Bête ?

— Pourquoi est-ce que tu m'évites ? reprit-il en plongeant son regard dans le sien.

Ivy détourna les yeux.

— Regarde-moi ! Réponds !

— Demande à Suzanne, si tu veux savoir, lui rétorqua alors Ivy en redressant la tête d'un air de défi.

À l'étincelle qui parut dans ses yeux, Ivy supposa qu'il avait enfin compris. Elle n'en revenait pas qu'il n'ait pas soupçonné la raison de son attitude. Pourquoi l'aurait-elle évité sinon à cause de Suzanne ?

Il desserra son étreinte.

— Ivy, lui dit-il d'une voix plus douce et plus hésitante. Tu ne devrais pas rester seule, tard le soir, dans cette maison où on t'a agressée la semaine passée. En plus, tu as laissé la porte grande ouverte ! Qu'est-ce qui t'a pris de faire une chose pareille ?

La gorge d'Ivy se serra.

— Je pensais que la moustiquaire était crochetée. Apparemment pas. Ella a dû la pousser.

Gregory se laissa tomber contre le canapé en se frottant le front.

— Je suis désolé de t'avoir fait peur, dit-il.

Il respira profondément et posa une main sur la sienne. Il était beaucoup plus calme maintenant.

— C'est moi qui t'ai fait peur, murmura Ivy. C'est moi qui devrais m'excuser.

Malgré la pénombre, Ivy remarqua les cernes autour de ses yeux. Elle leva le bras et effleura sa tempe douloureuse.

— Tu as mal à la tête ? lui demanda-t-elle.

— Moins que pendant la journée.

— Mais toujours un peu. Allonge-toi.

Elle lui installa un coussin sur le sol.

— Je vais te préparer un thé et te chercher de l'aspirine.

— Je peux le faire moi-même.

— Je m'en occupe.

Elle laissa ses doigts glisser jusqu'à son épaule.

— Tu fais tellement pour moi, Gregory. S'il te plaît, permets-moi de te rendre service.

— Je n'ai rien fait par obligation.

— S'il te plaît.

Il s'adossa de nouveau contre le canapé.

Ivy se leva et mit un disque de saxophone et piano.

— C'est trop fort ? Pas assez ?

— C'est parfait, répondit-il en fermant les yeux.

Elle revint avec une théière, quelques gâteaux et des cachets posés sur un plateau. La pièce était de moins en moins éclairée par la bougie.

Ils passèrent un moment à boire et à grignoter. Puis, avec un sourire et sans parler, Gregory fit tinter sa tasse contre celle d'Ivy.

— Qu'est-ce que c'est ? J'ai l'impression de boire toutes les plantes d'un jardin.

— C'est le cas, répondit Ivy en riant. Et c'est bon pour toi.

Il prit une autre gorgée et regarda Ivy à travers la volute de vapeur.

— *Tu* es bonne pour moi.

— Tu aimes bien qu'on te gratte le dos ? demanda soudain Ivy. Philip adore ça.

— Gratter le dos ?

— Gratter dans le sens de frotter, pas de griffer. Ta mère ne t'aidait pas à t'endormir de cette façon quand tu étais petit ?

— Ma mère ?

— Tourne-toi.

Il la regarda d'un air quelque peu amusé, puis posa sa tasse et roula sur le ventre.

Ivy se mit au travail. Elle commença par des cercles du plat de la main, comme elle le faisait avec Philip. Gregory était tendu ; chacun de ses muscles était contracté. Ce dont il avait vraiment besoin, c'était d'un massage ; or, pour cela, il devrait ôter sa chemise. Ivy hésita.

« Pourquoi ? se demanda-t-elle intérieurement. Après tout, Gregory est un peu comme mon demi-frère, ce n'est pas mon amoureux. Un ami plutôt, voire une sorte de vrai frère... »

— Ivy ?

— Oui ?

— Est-ce que ça te gênerait si j'enlevais ma chemise ?

— Ce serait mieux, répondit-elle sans plus se poser de questions.

Il se dévêtit et s'allongea de nouveau. Il avait le dos élancé, bronzé et musclé par les heures qu'il passait à jouer au tennis. Ivy reprit son ouvrage, en appuyant plus fort cette fois, le long de sa colonne vertébrale, de ses larges épaules. Puis elle lui massa la nuque, monta jusqu'à la base de son crâne, avant de repartir vers le bas du dos. Lentement mais sûrement, elle le sentit se détendre sous ses doigts.

Au bout d'un moment, il se retourna et plongea son regard dans le sien.

Sous le jeu des ombres projetées par la bougie, ses traits paraissaient taillés à la serpe. Une lumière dorée emplissait le creux à la jonction de ses deux clavicules. Ivy eut envie d'y poser la main.

— Tu sais, reprit-il, cet hiver, quand mon père m'a appris qu'il allait épouser ta mère, la dernière de mes envies, c'était de t'avoir dans cette maison.

— Je sais, répondit Ivy avec un sourire.

Il leva le bras pour lui effleurer la joue.

— Mais maintenant, ajouta-t-il en ouvrant ses doigts et en les glissant dans les boucles blondes d'Ivy, maintenant…

Sa main se referma sur sa nuque et il l'attira vers lui.

« Si je dis oui, songea Ivy, si je dis oui et que Suzanne… »

— Et maintenant… murmura-t-il.

Elle cessa de lutter. Elle ferma les yeux.

Alors, des deux mains et avec ferveur, il approcha le visage d'Ivy du sien. Leur baiser fut long, léger et délicieux. Au fur et à mesure, les doigts de Gregory s'étaient détendus. Il repoussa Ivy doucement et l'embrassa tendrement dans le cou.

Ivy chercha ses lèvres de nouveau et, une fois encore, ils s'embrassèrent. C'est alors qu'un bruit de moteur retentit et que des phares éclairèrent l'allée devant la maison. Ils se figèrent. C'était la voiture d'Andrew.

Gregory renversa la tête en riant.

— Incroyable ! Nos chaperons sont de retour.

Lentement, à contrecœur, il lâcha Ivy. Elle souffla la bougie, se leva pour allumer le plafonnier, et s'efforça de ne pas penser à Suzanne.

Tristan aurait bien aimé trouver le moyen de soulager Ivy. Ses draps étaient entortillés, ses cheveux dorés emmêlés à force d'avoir frotté contre le tissu. Avait-elle encore fait ce cauchemar ? Que s'était-il passé depuis qu'il l'avait laissée au festival ?

Après le spectacle, Tristan avait résolu de découvrir qui lui voulait du mal. Il était convaincu que le temps pressait. Si Ivy tombait amoureuse de Gregory, il perdrait Will comme canal de communication et il ne pourrait plus la mettre en garde.

Ivy s'agita.

— Qui est là ? Qui est là ? bredouilla-t-elle.

Tristan reconnut à sa question le rêve qui la tourmentait chaque nuit. Un sentiment d'effroi l'envahit, comme s'il avait été lui-même attiré dans la spirale infernale. Il ne supportait pas de voir Ivy souffrir. Si seulement il avait pu la prendre et la serrer dans ses bras…

Ella. Où était-elle ?

La petite chatte ronronnait, assise sur le rebord de la fenêtre. Tristan s'approcha d'elle rapidement et matérialisa le bout de ses doigts. Il s'étonna lui-même de sa force grandissante, qui lui permit cette fois de prendre Ella par la peau du cou et de la porter jusqu'au lit d'Ivy. Il l'y déposa doucement, puis poussa légèrement Ivy pour la réveiller.

— Ella ? murmura-t-elle en étreignant la chatte. Oh, Ella !

Tristan s'écarta. C'est ainsi qu'il devrait l'aimer désormais, de loin, après s'être assuré que d'autres la réconforteraient et s'occuperaient d'elle à sa place.

Ella blottie contre elle, Ivy se rendormit d'un sommeil plus paisible. Le rêve s'en était allé, repoussé suffisamment loin dans les profondeurs de son cerveau pour lui accorder un peu de répit pendant un certain temps. Tristan aurait aimé pouvoir en décrypter la trame. Ivy avait vu quelque chose qu'elle n'aurait pas dû voir le soir où Caroline s'était suicidée – ou, du moins, quelqu'un pensait qu'elle avait vu quelque chose. S'il parvenait à percer cette partie du mystère, Tristan saurait qui voulait du mal à Ivy. Il regretta de ne pas être à même de se glisser dans son esprit, pas plus qu'il ne le pouvait encore dans celui de Gregory.

Il quitta la chambre. Il avait pris sa décision et irait jusqu'au bout malgré les mises en garde de Lacey : il fouillerait la mémoire d'Eric. Il devait absolument déterminer si c'était lui qui passait en moto dans le rêve et s'il s'était rendu chez Caroline le soir de sa mort.

Tout en s'approchant de la maison d'Eric, Tristan

tâcha de se remémorer les détails de sa fin de journée. Après le festival, Lacey l'avait accompagné chez Caroline. Pendant qu'elle ouvrait les placards, regardait derrière les cadres et inspectait des cartons restés là, lui avait étudié en détail la configuration des pièces, puis celle du jardin. Il était là, son sésame : l'endroit où Caroline avait vécu lui donnerait certainement la possibilité de déclencher des souvenirs chez Eric.

— Si tu persistes dans cette idée stupide, lui avait dit Lacey tout en regardant entre les coussins du canapé, au moins, vas-y bien préparé. Et repose-toi avant.

— Pas besoin, lui avait rétorqué Tristan tout en balayant des yeux le salon où Caroline était morte.

— Écoute, l'athlète à ailes, avait répliqué Lacey, tu commences à maîtriser ta force et c'est bien. Mais ne t'emballe pas. Tu n'es pas prêt pour les jeux Olympiques célestes, pas encore. Si tu tiens absolument à te glisser dans la tête de cet Eric, offre-toi quelques heures de ténèbres avant. Histoire de te régénérer.

Tristan ne lui avait pas répondu tout de suite. Il se tenait devant la fenêtre panoramique et venait de remarquer qu'elle offrait une vue plongeante sur la route et sur l'escalier qui menait jusqu'au perron.

— Tu as peut-être raison, avait-il enfin murmuré.

— Supprime le « peut-être ». J'ai raison. De toute façon, Eric sera plus vulnérable à l'aube, ou juste après, dans sa phase de sommeil léger, avait repris Lacey. Essaie de l'amener à un état de conscience suffisant pour qu'il suive tes instructions, sans s'en rendre compte.

C'était sans doute un bon conseil.

Le ciel commençait à rougeoyer à l'est et Tristan trouva Eric endormi par terre dans un coin de sa chambre. Son lit n'était pas défait et lui portait encore ses vêtements de la veille. Il était allongé en chien de fusil près de sa stéréo. Des magazines jonchaient le sol autour de lui. Tristan s'agenouilla. Il matérialisa le bout de ses doigts et feuilleta un hors série sur les motos. Il arriva à la photo d'un engin similaire à celui d'Eric. Tristan se concentra sur sa représentation, puis poussa Eric du doigt.

Il admirait la pureté des lignes de la moto tout en se demandant quelle était sa cylindrée lorsque, soudain, il comprit qu'il la voyait à travers les yeux d'Eric. Il avait pénétré dans son cerveau aussi facilement que dans celui de Will. Lacey avait-elle sous-estimé ses pouvoirs ? Tristan se sentait fort.

C'est alors que les coins de la photo s'estompèrent. Les yeux d'Eric s'étaient refermés. Tristan se retrouva dans le noir. Le moment était venu de mettre en branle la mémoire de son hôte. Tristan concentra ses pensées sur la rue de Caroline, sur l'escalier qui menait jusqu'à sa porte.

Brusquement, l'obscurité se déchira, comme si l'on avait ouvert une fermeture Éclair placée au centre d'un mur sombre, et Tristan fut projeté en avant. Sortie de nulle part, une route avançait vers lui, filant de façon ininterrompue comme dans un jeu vidéo. Tristan allait trop vite pour réagir, trop vite pour savoir où il se rendait.

Eric et lui étaient assis sur une moto lancée à toute allure au milieu d'éclairs étincelants d'ombre et de lumière. Tristan leva les yeux de la chaussée. Ils passaient devant des maisons, des murs de pierre, des arbres. Les feuillages de ces derniers étaient si intensément verts qu'ils lui brûlaient les yeux. Le ciel brillait d'un bleu électrique. Les taches de rouge ressemblaient à de la braise.

Ils grimpèrent une côte qui montait, montait indéfiniment. Tristan tenta de reprendre le contrôle, de les faire ralentir en virant d'un côté et de l'autre, sans succès.

Soudain, dans un crissement de pneus, ils s'arrêtèrent net.

Ils étaient devant la maison des Baines. La maison de Gregory – qui l'était sans l'être. Ils s'en approchèrent en marchant. Tristan avait le sentiment de la voir réfléchie dans une boule de Noël ; des objets familiers y apparaissaient déformés par une perspective étrange.

Était-ce un rêve ou un souvenir aux bords calcinés par la drogue ?

Ils frappèrent et entrèrent. À l'intérieur, il n'y avait ni plafond ni meubles. Seule se trouvait là une énorme aire de jeux circonscrite par les murs de la maison. Gregory les regardait du haut d'un très grand toboggan argenté qui s'enfonçait dans le sol comme un tunnel.

Il y avait une femme, aussi. Caroline, comprit aussitôt Tristan.

Lorsqu'elle remarqua leur présence, elle leur fit un signe de la main avec un grand sourire affectueux. Elle les invitait vers un tourniquet. L'œil froid, Gregory resta immobile en haut de son poste d'observation.

Caroline se plaça d'un côté, Eric – et Tristan – de l'autre. Ils poussèrent le manège en courant, puis sautèrent sur la structure en bois. Ils tournèrent, tournèrent, encore et encore… mais, au lieu de ralentir, ils accéléraient. Ils allèrent de plus en plus vite, toujours plus vite, tant et tant que leur corps se souleva, soufflé par la vitesse, étiré… Ils ne se tenaient plus aux barres que par le bout des doigts. Tristan eut l'impression que sa tête se décollait. Soudain, ils lâchèrent prise et furent happés par l'espace.

Les yeux ouverts, Tristan vit le monde continuer de tournoyer un instant, avant de s'immobiliser. L'aire de jeux avait disparu et, dans la coque de la maison vide, se trouvait maintenant un cimetière.

Tristan y aperçut sa propre tombe. Celle de Caroline. Et une troisième, béante, à côté de laquelle se dressait un monticule de terre fraîche.

Qui d'Eric ou de lui fut alors pris de tremblements ? Tristan n'aurait su le dire. Toujours est-il qu'il ne parvint pas à les réprimer ; ils devinrent si violents qu'il tomba à terre. Le sol gronda, chavira. Les stèles se renversèrent autour de lui et roulèrent, comme des dents se détachant d'une tête de mort à force d'avoir trop claqué. Tristan gisait sur le flanc, tremblant, en boule, attendant que la terre se crevasse et se fende comme une bouche qui l'engloutirait.

Soudain, le calme s'installa. Tristan vit devant lui la photo brillante d'une moto. Eric s'était réveillé.

Il avait rêvé. Tristan était encore dans son esprit, mais Eric ne semblait pas s'en être rendu compte. Peut-être était-il trop épuisé ou son cerveau trop intoxiqué pour être surpris par des visions délirantes.

Ce rêve étrange avait-il une signification ? Dissimulait-il une vérité, ou ne constituait-il qu'une hallucination de junkie ?

Caroline était un personnage mystérieux. Tristan se souvint qu'ils n'avaient pu résister à son invitation sur le tourniquet. Elle avait l'air si douce et accueillante.

Son visage apparut alors devant Tristan. Sous des traits plus âgés maintenant. Aussitôt, Tristan concentra ses pensées sur la porte de la maison où avait vécu Caroline. Il y entra avec elle. Il avait réussi à pénétrer dans les souvenirs d'Eric !

Caroline promena son regard dans la pièce et ils firent de même. Les stores de la fenêtre panoramique étaient levés ; Tristan remarqua que des nuages noirs s'amoncelaient à l'ouest. Une rose rouge, encore en bouton, se dressait dans un vase. Assise en face de lui, Caroline lui souriait. Puis elle se renfrogna.

Soudain, la mémoire d'Eric s'emballa, sautant d'un plan à un autre comme dans un film mal monté. Sourire, froncement de sourcils, sourire. Tristan entendait à peine les mots prononcés ; ils se noyaient dans des remous d'émotions.

La tête renversée, Caroline s'esclaffa. Son rire frisait l'hystérie et Tristan fut submergé par un sentiment de peur et de frustration. Caroline rit à gorge déployée, longtemps, et Tristan craignit d'exploser sous la pression de la colère croissante d'Eric.

Ce dernier saisit Caroline par les bras et la secoua, la secoua avec tant de violence que la tête de celle-ci roula sur son axe comme une poupée de chiffon. Tristan perçut alors clairement les paroles qu'Eric hurlait :

— Écoute-moi. Je suis sérieux ! Ce n'est pas une plaisanterie. Personne n'en rit, sauf toi. Ce n'est pas drôle !

Tristan eut l'impression qu'un étau comprimait sa tête au point de la broyer. Comme dans un fondu enchaîné, Caroline et la pièce s'estompèrent devant lui, et l'écran devint noir. Eric avait refoulé ses souvenirs. Brusquement, sa chambre réapparut, claire et lumineuse. Il s'était réveillé.

Toujours dans son esprit, Tristan se leva et marcha avec lui. Eric attrapa son sac à dos et en tira une enveloppe. Il la renversa et des pilules de couleur vive tombèrent dans sa main. Il les porta à sa bouche et les avala.

Tristan décida qu'il était temps de prendre au sérieux les avertissements de Lacey. Le cerveau d'Eric était malsain. Il s'en enfuit aussi vite qu'il le put.

Chapitre 11

— Les capes et les dents partent comme des petits pains, dit Betty en survolant les tickets de caisse. Est-ce que le Hilton accueillerait un congrès de vampires cette semaine ?

— Je ne sais pas, murmura Ivy en comptant pour la troisième fois la monnaie à rendre à un client.

— Je crois que tu as besoin de repos, ma chérie, observa Lillian.

Ivy jeta un coup d'œil vers la pendule.

— J'ai dîné il y a une heure à peine.

— C'est vrai, dit Lillian, mais c'est toi qui fais la fermeture ce soir et... tu as vendu à ce gentil jeune homme qui a acheté la cape de Dracula une paire de lèvres en guimauve...

— Des lèvres en guimauve ? Vous en êtes sûre ?

— Les vermeil, précisa Lillian. Ne t'inquiète pas, je l'ai rattrapé à la sortie pour les récupérer et je lui ai donné deux belles canines à la place. Il n'empêche, tu devrais faire une petite pause.

Confuse, Ivy baissa les yeux. Ces derniers jours, elle avait accumulé les erreurs de ce genre, même si les propriétaires des Quatre Saisons s'arrangeaient pour ne pas le lui faire remarquer. Ivy se demandait si elle avait bien vérifié la caisse le dimanche et le lundi. Elle s'étonnait que les deux sœurs lui confient la fermeture du magasin ce soir-là encore.

— La dernière fois que je t'ai vue dans cet état, reprit Betty, tu étais tombée amoureuse !

Lillian lança un regard noir à sa sœur.

— Ce n'est pas le cas, lui rétorqua Ivy. Mais je crois que vous avez raison, je vais faire une petite pause.

— Vas-y, l'encouragea Lillian. Prends tout ton temps.

Là-dessus, elle la poussa doucement vers la porte.

Ivy marcha d'un bout à l'autre de l'étage supérieur du centre commercial en essayant de remettre de l'ordre dans ses idées. Depuis le samedi précédent, elle et Gregory dansaient une ronde timide l'un autour de l'autre : leurs mains se frôlaient, leurs regards se croisaient, ils se saluaient à voix basse, puis s'éloignaient. Le dimanche, la mère d'Ivy avait dressé la table pour leur dîner de famille et allumé deux bougies pour l'occasion. Gregory, qui était assis en face d'Ivy comme cela lui arrivait souvent, l'avait dévorée d'un regard étincelant. Le lundi, il avait disparu sans prévenir qui que ce soit. Ivy ne savait pas où il était allé et elle n'avait pas osé le lui demander à son retour. Chez Suzanne, sans doute. Peut-être le samedi soir n'avait-il été qu'un instant fugitif d'intimité – un moment unique, pour un baiser unique, conséquence de tous les épisodes difficiles que chacun d'eux avait traversés.

Ivy se sentait coupable.

Et pourtant, était-ce si mal d'éprouver des sentiments pour quelqu'un qui en éprouvait pour elle en retour ? Était-ce si mal d'accepter le contact de quelqu'un qui lui donnait tant de douceur ? Bref, n'était-ce pas normal d'avoir changé d'avis au sujet de Gregory ?

Ivy ne s'était jamais sentie aussi désorientée. Elle n'était sûre que d'une chose : elle allait devoir se ressaisir, et se concentrer.

C'est alors qu'elle marcha droit dans une poussette.

— Oh ! pardon... bredouilla-t-elle.

La femme qui poussait le bébé lui sourit. Ivy fit de même, mais recula si vivement pour lui céder le passage qu'elle percuta le stand de bijouterie juste derrière elle. Chaînes et boucles d'oreilles tintinnabulèrent en chœur.

— Pardon, pardon, répéta Ivy en pivotant sur ses talons, pour butter contre une poubelle.

Elle finit par s'enfuir en courant vers le Moulin à Café. Une fois sa tasse de cappuccino achetée, elle alla aussitôt se réfugier tout au fond du centre commercial. Les deux grands magasins qui formaient l'angle à cet endroit étaient déjà fermés et plusieurs plafonniers étaient cassés. C'est dans ce crépuscule artificiel qu'Ivy s'assit, enfin seule, sur un banc. Elle but une gorgée de café, bercée par les bruits lointains qui remontaient l'allée en ondes feutrées sans l'atteindre.

Elle ferma les paupières et respira profondément. C'est alors qu'elle fut surprise par le son de trois voix distinctes. Instantanément, elle écarquilla les yeux et regarda sur sa droite.

— Tout est là.

— Laisse-moi vérifier.

— Tu ne me fais pas confiance ?

— J'ai dit : « Laisse-moi vérifier. » Si tu crois que je ne te fais pas confiance, c'est ton problème.

Gregory, Eric et une troisième personne se tenaient dans le couloir à peine éclairé qui menait vers le parking. En parlant, l'inconnu avait tourné le visage vers la lumière. Ivy l'avait déjà vu devant leur lycée. C'était un trafiquant de drogue. Et Gregory venait de lui tendre une liasse de billets.

Ivy se sentit défaillir ; ce qu'elle avait toujours pensé de la double personnalité de Gregory lui revint comme un boomerang. À son insu, elle avait refoulé ses doutes à son sujet.

Comment avait-elle pu devenir si proche de ce garçon uniquement entouré d'amis gangrenés par l'argent ? Comment en était-elle arrivée à dépendre de quelqu'un de si blasé qu'il en venait à prendre des risques insensés ? Pourquoi faisait-elle confiance à une personne qui jouait à des jeux dangereux, quel que soit le prix payé par autrui ?

Tristan l'avait pourtant mise en garde, juste avant cette horrible soirée où Will avait failli perdre la vie sur les ponts de chemin de fer, à cause d'Eric et de Gregory. Avec le temps, Ivy s'était persuadée que ce dernier avait changé. Au cours des quatre dernières semaines, il avait… Elle s'était fourvoyée.

Elle se leva du banc si brusquement qu'elle renversa une partie de son cappuccino sur sa robe.

« Tristan ! appela-t-elle en silence. Tristan, aide-moi ! Aide-moi à retrouver la raison ! »

Elle repartit en courant vers la zone éclairée du centre. Parvenue non loin de l'escalator, totalement absorbée dans le tourbillon de ses pensées, elle heurta quelqu'un de plein fouet.

C'était Will. L'amie qui l'accompagnait, une fille aux cheveux auburn qu'Ivy avait remarquée à la fête d'Eric, grommela d'un air mécontent.

Will dévisagea Ivy sans prononcer un mot. Décidément, elle ne supportait pas cette façon qu'il avait de la regarder ; elle se sentait prisonnière.

— Qu'est-ce que tu fais ici ? lui demanda-t-elle d'un ton sec.

— En quoi ça te regarde ? lui répliqua la fille du tac au tac.

Ivy l'ignora.

— Ne me dis pas... reprit-elle, que tu as senti... que tu as pensé... que tu savais...

Une étincelle sembla briller dans les yeux de Will. Ivy détourna le regard.

La fille l'observait, la bouche plissée, comme si elle avait eu devant elle une folle. Ivy se sentait effectivement au bord de la démence.

— Je... je dois repartir travailler, finit-elle par bredouiller.

— Si tu as besoin de moi, lui dit Will alors, appelle-moi.

À peine avait-il prononcé ces mots qu'il tourna

légèrement la tête, comme si quelqu'un avait parlé derrière lui.

En le bousculant presque, Ivy passa son chemin et se rua dans l'escalator, dont elle gravit les marches quatre à quatre avant de se précipiter vers Les Quatre Saisons.

— Doux Jésus... murmura Lillian lorsque Ivy fit irruption dans le magasin.

— Mon Dieu ! s'exclama Betty.

Ivy haletait, de colère autant que d'essoufflement. Elle se figea, puis baissa les yeux vers sa robe vert pâle. Elle était maculée d'une grosse tache couleur boue.

— Il faut la rincer tout de suite, déclara Betty.

— Non, ça ira, répondit Ivy en tâchant de respirer lentement et profondément pour se calmer. Je vais la nettoyer avec une éponge.

Sans l'écouter, Betty et Lillian se postèrent chacune devant un portant de déguisements.

— Je vous ai dit qu'une éponge ferait l'affaire ! répéta Ivy, agacée. Je reviens dans une minute.

Pour toute réponse, Lillian et Betty se contentèrent de siffloter.

— De toute façon, c'est une vieille robe, ajouta Ivy. Bon, d'accord ! Mais quelque chose de simple, alors, implora-t-elle.

Une fois auparavant, pour la même raison, Ivy avait eu besoin de se changer, et elle avait fini accoutrée en extraterrestre – dans un costume équipé de piles qui clignotait et faisait de la musique dès qu'elle bougeait.

Ce soir-là, cependant, Betty et Lillian s'appliquèrent. Elles lui proposèrent une jupe colorée et une blouse blanche froncée aux épaules, dont le tissu, quoique élimé, s'avéra doux sur sa peau.

— Quelle jolie petite bohémienne ! lança Lillian.

— On devrait l'habiller tous les jours, acquiesça Betty.

Elles regardaient Ivy avec un grand sourire, comme deux grands-tantes gâteuses.

— Quand tu partiras, n'oublie pas d'éteindre la lumière dans l'arrière-boutique, ma chérie, poursuivit Betty.

Sur ce, les sœurs disparurent, pressées d'aller retrouver chez elles leurs sept chats.

Ivy soupira de soulagement. Elle se réjouissait d'avoir deux heures devant elle à s'occuper seule du magasin. Le travail lui permettrait de ne pas penser à ce qu'elle venait de voir.

Elle était en colère – plus contre elle-même que contre Gregory, d'ailleurs. Lui était ce qu'il était. Il n'avait pas changé ses habitudes. C'est elle qui l'avait idéalisé.

À vingt et une heures vingt-cinq, le dernier client quitta le magasin. Le centre commercial était quasiment désert. Cinq minutes plus tard, Ivy baissa les lumières, ferma la porte à clé de l'intérieur, et entreprit de faire le compte des recettes et des tickets de caisse. Soudain, elle sursauta. Quelqu'un frappait à la vitre.

— Hé, bohémienne !

Gregory.

L'espace d'un instant, Ivy envisagea de le laisser dehors, derrière ce mur de verre pareil à celui qu'il avait érigé entre eux à l'origine. Réflexion faite, elle alla déverrouiller la porte et l'entrebâilla de quelques centimètres.

— Je te dérange ? lui demanda-t-il.

— Il faut que je vérifie la caisse avant de fermer.

— Je ne ferai pas de bruit.

Ivy ouvrit la porte et repartit vers le comptoir pour essayer de se remettre au travail, sans y parvenir.

— Il faut que je te dise quelque chose, lança-t-elle subitement.

Gregory la regardait, visiblement prêt à entendre une mauvaise nouvelle.

— Je vous ai vus là-haut, toi, Eric et le dealer.

— Ah, c'est ça ! répondit Gregory d'un air léger.

— Ah, c'est ça ? répéta Ivy.

— Je pensais que tu allais m'annoncer… je ne sais pas… qu'on ne se verrait plus jamais seul à seule.

Ivy baissa les yeux et, les bras croisés, elle se mit à tortiller une houppe qui ornait la ceinture de la jupe. Gregory ne se trompait pas entièrement sur ses intentions.

— Oh ! reprit-il. Je vois. Tu allais aussi me dire ça.

Rattrapée par le doute, Ivy garda le silence.

Gregory s'approcha d'elle et lui posa une main sur le bras.

— Eric se drogue, lui dit-il. Tu le sais. Et il est endetté jusqu'au cou avec notre gentil dealer du quartier. Je suis venu le sortir d'affaire.

Ivy releva la tête. Gregory avait le visage hâlé, ce qui rendait ses yeux gris plus clairs, de la couleur d'une mer argentée par un jour brumeux.

— Je ne peux pas t'en vouloir de croire que ce que je fais est mal, Ivy. Si je pensais qu'Eric pouvait s'arrêter, je ne rembourserais pas ses dettes. Mais il ne s'arrêtera pas et, si je ne l'aide pas, ils finiront par lui faire la peau.

Sa main glissa du bras d'Ivy.

— Eric est mon ami, depuis le CP. Je ne vois pas comment je pourrais agir autrement.

Ivy détourna le regard. Gregory restait fidèle à Eric alors qu'elle avait trahi Suzanne.

— Vas-y, dis-le ! la provoqua Gregory. Tu n'aimes pas mon comportement. Tu penses que je devrais me trouver de meilleurs copains !

— Non, ce n'est pas à ça que je pensais, lui répondit-elle malgré elle. Je me disais qu'Eric avait de la chance de connaître une personne comme toi, tout comme moi. Et Suzanne.

D'un doigt sous le menton, Gregory la força à tourner le visage vers lui.

— Finis ton travail, lui dit-il d'une voix douce. On continuera à parler après. Je t'emmène boire un verre quelque part, d'accord ?

— D'accord.

— Par contre, tu n'as rien d'autre à mettre ? lui demanda-t-il avec un sourire.

— Oh ! j'avais oublié. J'ai renversé du cappuccino sur ma robe et je l'ai mise à tremper dans une bassine.

— Ce n'est pas grave, lui dit Gregory en riant. Ça te donne un air… exotique, ajouta-t-il en baissant les yeux vers ses épaules à moitié nues.

Ivy frissonna.

— Il faudrait peut-être que je me trouve aussi un déguisement.

Là-dessus, il alla inspecter le panneau mural sur lequel étaient accrochés les accessoires. Ivy se concentra de nouveau sur ses chiffres.

— Ça te plaît ? lança-t-il au bout de quelques minutes.

Ivy leva les yeux et s'esclaffa. Il était coiffé d'un haut-de-forme posé sur une boule de cheveux rouges frisés et il avait attaché un nœud papillon à pois autour de son cou.

— Très élégant, lui dit-elle, sa bonne humeur revenue.

Gregory essaya un accessoire après l'autre – un masque de Klingon, une tête et un poitrail de King Kong, un énorme chapeau à fleurs avec boa...

— Gregory, tu es un vrai clown, déclara Ivy.

Il lui sourit en agitant l'étole en plumes.

— Si tu veux essayer des vêtements, tu as les deux cabines d'essayage à l'arrière, lui indiqua-t-elle. Celle de gauche est grande et il y a un miroir sur chaque mur. Tu pourras t'admirer sous toutes les coutures. C'est dommage que Philip ne soit pas là pour jouer avec toi.

— Quand tu auras fini de travailler, c'est toi qui joueras avec moi, lui répondit-il.

Ivy s'affaira encore quelques minutes. Lorsqu'elle referma enfin les livres de comptes, elle remarqua que Gregory avait disparu.

— Gregory ? appela-t-elle.

— Vui, ma dousss, répondit sa voix.

— Qu'est-ce que tu fais ?

— Viens, ma dousss. Je t'atttends.

Elle sourit.

— Qu'est-ce que tu mijotes ?

Elle se dirigea sur la pointe des pieds vers la cabine de gauche et poussa lentement le battant de la porte. Gregory était tourné vers le miroir du fond. Brusquement, il pivota sur ses talons et se jeta sur Ivy.

— Ah ! s'écria-t-elle en retenant son souffle.

Son cri de peur avait été sincère. Mais, très vite, elle tomba sous le charme. Dans sa chemise blanche ouverte sur son torse et sa cape noire au col montant, Gregory faisait un vampire incroyablement séduisant. Il avait plaqué ses cheveux noirs en arrière, et ses yeux gris brillaient de malice.

— Bonjour, ma dousss.

— Dites, monsieur, lui demanda Ivy en entrant dans le jeu, est-ce que vous seriez capable de bien prononcer notre langue si vous mettiez vos grandes dents ?

— Aucoune chance.

Là-dessus, il l'attira dans la cabine.

— Si je pouis me perrmettrre, vous avez un cou magnifikke, ma dousss.

Il plaça les fausses canines dans sa bouche ouverte et approcha son visage d'Ivy. Celle-ci rit sous l'effet de son souffle qui lui chatouillait la peau.

— Où faut-il que j'enfonce le pieu ? lui demanda-t-elle. Ici ?

Elle le repoussa légèrement et planta son index dans l'ouverture de sa chemise.

Gregory lui attrapa la main et la retint, longtemps. Puis il ôta ses fausses dents et déposa un baiser sur le bout de ses doigts.

— Je crois que ton pieu m'a percé le cœur, murmura-t-il en la serrant contre lui.

Sous ses longs cils baissés, ses yeux ressemblaient à deux blocs de cendre.

— Quel joli cou... murmura-t-il à nouveau.

Il inclina la tête. Tendrement, ses cheveux noirs frôlant l'épaule d'Ivy, il déposa sur sa peau un baiser léger. Puis un autre, et un autre encore. Peu à peu, ses lèvres remontèrent vers celles d'Ivy. Il l'embrassa avec passion.

Ivy se laissa faire, sans répondre toutefois avec la même ferveur. Gregory la serra alors plus fort contre lui, il l'emprisonnait de ses bras. Puis, soudain, il la relâcha et tomba à ses pieds. Ses bras se soulevèrent et ses mains caressèrent fiévreusement le corps d'Ivy. Il la saisit par la taille et l'attira à lui.

— N'aie pas peur, souffla-t-il. N'aie pas peur.

Leurs deux corps oscillèrent dans une étreinte enflammée. Mais, brusquement, Ivy ouvrit les yeux. À gauche, à droite, devant elle, ils étaient partout, elle et Gregory, Gregory et elle. Elle se dégagea violemment.

— Non ! s'écria-t-elle en se couvrant le visage des mains.

Gregory les lui écarta aussitôt. Elle tourna la tête et appuya le front dans l'angle protecteur du mur. Elle ne voulait plus voir le reflet de cette fille qui avait embrassé Gregory.

— Ce n'est pas correct, déclara-t-elle à mi-voix.

— Pas correct ? s'exclama Gregory.

— Ce n'est pas bien, ni pour toi, ni pour moi, ni pour Suzanne.

— Oublie Suzanne ! Ce qui compte, c'est toi et moi.

— Tu n'as pas le droit d'oublier Suzanne, sanglota Ivy. Elle te veut depuis si longtemps. Bien sûr, moi aussi, je te veux près de moi, je veux pouvoir te parler, te toucher. T'embrasser. Comment ne le voudrais-je pas ? Tu as été si formidable avec moi. Mais, Gregory, je…

Elle s'interrompit et respira profondément.

— … je suis toujours amoureuse de Tristan.

— Et tu crois que je ne le sais pas ? s'esclaffa-t-il. On ne peut pas dire que tu t'en caches, Ivy !

Il s'approcha d'elle à nouveau.

— Je sais que tu l'aimes toujours et qu'il te manque. Mais justement, je veux t'aider à moins souffrir.

Il pressa les mains d'Ivy dans les siennes.

— Penses-y, Ivy. C'est la seule chose que je te demande.

Elle hocha la tête en silence.

— Je vais me changer, lui dit-il alors. On va rentrer chacun avec notre voiture. Je ferai un détour pour te laisser le temps d'arriver à la maison avant moi. Comme ça, on ne se croisera pas dans l'escalier.

Il approcha la main d'Ivy de sa bouche et l'effleura à peine de ses lèvres.

— C'était mon baiser de bonne nuit, lui dit-il.

Lorsque Tristan s'éveilla, seul son halo de lumière se reflétait faiblement dans les miroirs de la cabine d'essayage plongée dans le noir. Aussitôt, il sentit monter en lui la colère et la peur. L'absence de lumière ne le gênait pas, c'est la noirceur qu'il percevait autour de lui dans cette pièce vide qui le préoccupait. Elle était palpable, comme une forme souple et menaçante, comme une vraie présence.

— Gregory !

La scène à laquelle il avait assisté quelques heures plus tôt lui revint à l'esprit. Il eut l'impression que la cabine s'illuminait. Gregory était-il réellement tombé amoureux d'Ivy ? Avait-il dit la vérité sur Eric et le dealer ?

Tristan devait impérativement trouver des réponses à ces questions et le meilleur moyen d'y parvenir serait de s'infiltrer dans le cerveau de l'intéressé.

— À nous deux, Gregory, lança-t-il, ton tour est venu.

— Est-ce que tu pourrais arrêter de parler tout seul ? Comment veux-tu que je me refasse une beauté si tu m'empêches de dormir ?

Tristan traversa la porte de la cabine. Le magasin n'était éclairé que par deux veilleuses et par l'enseigne lumineuse qui indiquait la sortie. Lacey était allongée aux pieds de King Kong.

— Je t'ai attendu, moi, dans ton loft de Riverstone ! Tiens, c'est pour toi, dit-elle en levant vers Tristan une fleur fanée. Il y en a tout un *T* sur ta tombe. Toutes aussi sèches que celle-ci. J'en ai déduit que ça faisait un moment que tu ne t'étais pas rendu visite.

— C'est exact.

— Alors, je suis allée jeter un coup d'œil sur Eric, poursuivit Lacey, au cas où tu te serais perdu dans le labyrinthe de miroirs déformants qu'il appelle son cerveau. Comme tu n'y étais pas, je me suis rendue chez ton Ivy. Elle passe une nuit cauchemardesque, mais rien de nouveau.

— Elle va bien au moins ?

Tristan avait envisagé d'accompagner Ivy chez elle et de prendre le repos dont il avait besoin dans sa chambre. Cela lui aurait permis de s'assurer au préalable qu'Ella n'était pas loin et, éventuellement, de demander à Philip de se tenir prêt à aider sa sœur si nécessaire. Mais Tristan savait qu'il aurait passé la nuit à veiller sur elle au lieu de se reposer. Il avait donc résolu de rester aux Quatre Saisons.

— Elle va bien ? répéta-t-il.

— Elle va comme une Ivy, répondit Lacey en vérifiant l'état de ses cheveux en piques. Bon, raconte-moi. J'ai raté quel épisode de la saga ? Gregory est aussi excité qu'elle. Qu'est-ce qu'ils ont, tous les deux ?

Tristan relata à Lacey ce qui s'était passé dans le magasin, ainsi que son voyage dans les souvenirs d'Eric et, notamment, la scène chez Caroline. Lacey l'écouta en faisant les cent pas d'un air concentré. Puis elle matérialisa le bout de ses doigts, prit un masque, se tourna vers Tristan dans une pose théâtrale, reposa l'accessoire, en prit un deuxième. Le petit manège dura un moment, jusqu'à ce qu'elle déclare :

— Ce n'est certainement pas la première fois qu'Eric s'endette. Il avait sans doute pris l'habitude de demander de l'argent à Caroline, ce qui expliquerait pourquoi c'est Gregory qui paie maintenant. Si ça se trouve, Caroline a refusé de lui en donner le soir de sa mort.

— Ce n'est pas si simple, lui objecta Tristan aussitôt. Je sais que ce n'est pas si simple.

Lacey leva un sourcil.

— Tu *sais* que ce n'est pas si simple ou tu préfères le croire ? lui demanda-t-elle.

— Qu'est-ce que tu veux dire ?

— Que, quelque part, ça t'arrangerait de pouvoir prouver que c'est Gregory le coupable. Il a l'air si innocent, si séduisant, susurra Lacey d'un ton provocateur. Le problème, c'est qu'il est possible que son seul crime soit de jouer avec les filles et d'être réellement tombé amoureux d'Ivy… qui n'a pas l'air d'être insensible à son charme, ajouta-t-elle d'un ton ironique.

— Tu mens ! s'insurgea Tristan.

Lacey haussa les épaules.

— Je ne dis pas que Gregory est blanc comme neige. Il n'empêche qu'une fois au moins, il a prouvé qu'il avait assez de cœur pour sauver la peau d'un copain complètement déjanté.

Lacey se passa la langue sur les dents et ajouta avec un sourire :

— Personnellement, je le vois comme quelqu'un qui est riche, séduisant, et innocent.

— S'il l'est, sa mémoire le prouvera.

Lacey le regarda, l'air soudain sérieux.

— Fais attention, Tristan, cette fois, il risque de t'envoyer jusque sur la Lune.

— Je suis prêt à prendre le risque. Parce que je réussirai, Lacey. Après tout, j'ai eu un excellent professeur.

Lacey lui sourit en plissant les yeux.

— Tu avais raison, reprit Tristan. Je n'ai eu aucune difficulté à pénétrer dans le cerveau d'Eric juste avant son réveil. Je vais essayer de faire pareil avec Gregory.

— Ça m'apprendra à ne pas te donner de leçons…

— Au contraire, Lacey, tu vas gagner des points ! Tu aides un ange à réaliser sa mission.

Lacey se détourna.

— Ça va peut-être t'aider à achever la tienne. Ce n'est pas ce que tu veux ?

Le dos résolument tourné, Lacey haussa de nouveau les épaules.

— C'est moi qui ai raté quelque chose ? s'étonna Tristan.

— Tu rates beaucoup de choses, soupira Lacey. Bref. Qu'est-ce que tu veux que je fasse de cette fleur ? lui demanda-t-elle.

— On va la laisser ici. Je te remercie de me l'avoir apportée, mais je ne veux pas utiliser mon énergie à la tenir. Il faut que j'y aille.

Elle hocha la tête comme à regret.

— Merci, lui dit Tristan.

Lacey resta sans bouger.

— Tu es un ange.

— Hum…

Là-dessus, Tristan disparut. Lorsqu'il arriva chez les Baines, le ciel commençait à pâlir. Il aurait tant voulu effleurer d'une caresse la douce peau d'Ivy. Après tout, que lui coûterait ce simple geste ?

« Je t'aime, Ivy. Je n'ai jamais cessé de t'aimer. »

Il quitta sa chambre avant de céder à la tentation. Il devait conserver ses forces pour Gregory.

Ce dernier tournait et virait dans son lit. Tristan consulta rapidement sa collection de CD jusqu'à ce qu'il trouve un groupe qu'il connaissait. Il matérialisa deux de ses doigts, sortit le CD de sa pochette, le glissa dans le lecteur et régla le volume au minimum. Puis il poussa légèrement Gregory et se laissa aller à écouter la première chanson, en se concentrant sur les images que les paroles évoquaient.

Il pensait les connaître par cœur. Or, à sa surprise, il se trompa plusieurs fois. Il força sa concentration et comprit alors que les images qu'il voyait se mêlaient à d'autres – celles produites par le cerveau endormi de Gregory.

« J'ai réussi ! Lacey, j'ai réussi ! »

Cependant, Gregory avait senti sa présence. Il le cherchait comme un dormeur, les bras tendus, cherche à tâtons son réveil lorsque celui-ci vient de sonner. Tristan se tint immobile, parfaitement tranquille, et les ondes de musique finirent par emporter Gregory loin de lui.

Tristan se détendit. Il était soulagé, car il ne savait pas à quelle distance la force de Gregory réussirait à le propulser hors de son cerveau. Toutefois, il s'interdit vite ces réflexions, de peur d'alerter Gregory de nouveau. Il ne devait pas penser. Il devait se contenter d'agir.

Il choisit de focaliser son esprit sur la lampe dans le salon de Caroline. Le jour où Lacey et lui avaient inspecté la maison, il avait remarqué qu'elle était placée tout à côté de la chaise près de laquelle la police avait retrouvé le corps. Tristan se dit que cette lampe halogène ordinaire constituée d'un simple disque métallique monté sur un long pied déclencherait un souvenir visuel sans éveiller les soupçons de Gregory.

Tristan précisa l'image. Il fallait que l'atmosphère soit celle d'un début de soirée du mois de mai, et que Caroline soit installée sur sa chaise, à côté de la lampe. Comme il l'aurait fait avec un zoom, Tristan centra sa caméra sur ce décor, puis appuya sur le bouton « marche ».

Il se retrouva alors debout dans le salon. Caroline, assise, le regardait d'un air ironique. Brusquement, elle se leva. Son visage s'était empourpré et de longues marques rouges striaient ses joues, comme cela arrivait à Gregory lorsqu'il était furieux. Sauf que les yeux de sa mère, à cet instant, étincelaient d'une lueur triomphante.

Elle se rua vers un bureau. Gregory – et Tristan – resta immobile, près de la lampe. Caroline se retourna bientôt en agitant un papier d'un air provocateur. Tristan sentit les poings de Gregory se serrer.

Caroline s'approcha de lui. Tristan supposa qu'elle demandait à son fils de regarder la feuille, mais il n'entendait pas les mots assez distinctement. En revanche, il sentit la colère monter en Gregory. Son cœur se mit à battre, son sang ne fit qu'un tour, ses oreilles bourdonnèrent.

La main de Gregory se leva. Il frappa la lampe, qui bascula vers Caroline. Tristan vit cette dernière perdre l'équilibre, reculer en titubant, les bras faisant des moulinets comme un personnage de bande dessinée au milieu du cadre bleu électrique formé par la fenêtre panoramique.

Lorsque Caroline s'écroula à la renverse, une longue traînée de sang sur la joue, Gregory poussa un cri. Tristan aussi.

Gregory se crispa et Tristan comprit qu'il l'avait entendu. Il serait le prochain à recevoir un coup. Affolé, Tristan voulut s'enfuir de son cerveau. Mais il se trouva prisonnier d'un tourbillon d'images, comme entouré de toutes parts des fragments coupants et colorés d'un kaléidoscope. Tristan fut saisi de vertige et de nausées. Il ne parvenait pas à séparer son esprit de celui de Gregory. Il courait à en perdre haleine dans un labyrinthe de pensées innombrables, virevoltantes, démentes. Il était pris au piège.

Soudain, une voix retentit. Tristan resta tapi. Ivy, en peignoir, était assise sur le lit et implorait Gregory de se réveiller. Celui-ci finit par ouvrir les yeux. Ivy se pencha alors vers lui et l'étreignit, ses cheveux blonds retombant en cascade sur son visage. Peu à peu, les pensées de Gregory s'apaisèrent et Tristan réussit enfin à se faufiler hors de son cerveau.

Chapitre 12

— C'est terminé, Philip ! s'écria Gregory en soulevant sa chemise pour s'éponger le visage. Tu vas finir par mieux jouer que moi. J'arrête de te donner des cours !

— Alors, c'est moi qui t'en donnerai, répondit Philip, très satisfait de son succès.

Gregory ôta entièrement sa chemise trempée par la transpiration, la tordit, puis la fit siffler comme un fouet en direction de Philip.

— Petite peste, lui dit-il.

Ivy et Maggie, venues assister à la leçon de ce jeudi, rirent de bon cœur.

— C'est ce que j'avais toujours espéré, murmura Maggie.

C'était une journée d'été parfaite, le ciel était d'un bleu de carte postale, les pins oscillaient doucement sous la brise. Ivy et sa mère étaient assises sur une couverture au bord du terrain, Ivy au soleil, sa mère à l'ombre. Maggie soupira de contentement.

— Nous formons enfin une famille ! Et je peux m'absenter en sachant que mes poussins sont heureux et en sécurité à la maison.

— Ne perds pas une seconde de plus avec nous, maman, lui répondit Ivy. Toi et Andrew méritez un peu de tranquillité.

— Andrew a besoin de se reposer, c'est certain, acquiesça Maggie. Il est préoccupé depuis quelque temps. Normalement, avant de se coucher, il me raconte ses journées, et par le menu. C'est comme ça que je m'endors d'ailleurs.

Ivy éclata de rire.

— Mais je vois bien, poursuivit Maggie, qu'il est inquiet et qu'il me cache quelque chose.

Ivy posa la main sur celle de sa mère.

— Vous avez vraiment besoin de vous éloigner de nous et de l'université. Je vous souhaite de passer du bon temps au lac, maman.

Maggie embrassa sa fille, puis se leva pour dire au revoir à Philip. Elle passa son bras autour de ses épaules.

— Sois sage, mon chou.

Philip fit la grimace.

— D'accord ! répondit Gregory en imitant sa voix.

Maggie planta un gros baiser rose sur la joue de Philip et, après quelques secondes d'hésitation, embrassa timidement Gregory.

Ivy l'entendit alors murmurer :

— Prends bien soin de mes bébés. De mon grand et de mon petit.

Gregory sourit.

— Vous pouvez compter sur moi, Maggie.

La mère d'Ivy s'éloigna, l'air heureux, son sac fourre-tout se balançant sur son dos. Il était près de midi et la voiture était déjà chargée ; Maggie prenait Andrew au travail à sa sortie d'un rendez-vous.

Gregory baissa un visage souriant vers Ivy, puis s'allongea sur la couverture à ses côtés.

— Pour les trois jours qui viennent, on va pouvoir manger ce qu'on veut, quand on veut, lui dit-il.

— Je vais me faire un sandwich tout de suite, lança Philip. Vous en voulez un ?

— Non merci, répondit Ivy. Je vais devoir partir au travail. Je m'achèterai quelque chose dans le centre commercial.

— Qu'est-ce que tu proposes ? demanda Gregory à Philip.

— Fromage frais, cannelle et sucre.

— Sans façon, merci.

Philip s'épongea le visage sur sa chemise, ôta cette dernière, puis la fit siffler comme un fouet contre un arbre. Là-dessus, il s'éloigna en riant.

— Est-ce que tu as remarqué qu'il t'imite ? dit Ivy lorsque son frère eut disparu derrière le bosquet de pins qui séparait la maison du terrain de tennis. Qu'est-ce que ça te fait de servir de modèle ?

— Bonne question, répondit Gregory avec un sourire un coin. Je me dis que je vais devoir me racheter une conduite.

Ivy sourit et s'allongea à son tour sur la couverture.

— Gregory, je tiens à te remercier de ta gentillesse envers ma mère, reprit-elle.

— Tu me remercies de lui avoir promis de m'occuper de son bébé ? À mon avis, ça ne sera pas difficile.

Il se rapprocha d'Ivy et effleura son ventre dénudé.

— Tu as la peau chaude.

Ivy sentait son corps entier brûler. Elle posa sa propre main sur celle de Gregory.

— Pourquoi est-ce que tu n'as pas mis ce bikini à la fête d'Eric ? lui demanda-t-il.

— Je le mets seulement quand je me sens à l'aise ! expliqua Ivy avec un sourire.

— Et c'est le cas avec moi ?

Il se redressa sur un coude, l'observa les yeux dans les yeux un instant, puis laissa son regard errer lentement le long de son corps.

— Oui et non, répondit Ivy.

— Tu es d'une honnêteté impressionnante, murmura-t-il en se tournant de nouveau vers elle, le regard étincelant.

Sans la toucher, il approcha son visage du sien. Ivy lui tendit ses lèvres. Il releva la tête, contempla Ivy un instant, puis l'embrassa de nouveau.

Leur baiser se fit intense. Ivy passa les mains autour de son cou et l'attira à elle.

Ils n'entendirent pas les pas feutrés dans l'herbe.

— Je t'attendais au parc à dix heures.

Gregory se redressa brusquement et Ivy s'enveloppa aussitôt dans la couverture.

— On dirait que tu as trouvé mieux à faire, ajouta Eric en saluant Ivy sèchement.

Celle-ci avait l'impression d'avoir été surprise sans

vêtements. C'était la façon dont Eric la regardait qui lui donnait ce sentiment d'être nue. Nue et exposée.

— J'ai déjà vu un film comme ça, qui raconte l'histoire d'une sœur qui s'accroche désespérément à son frère, reprit Eric avec un petit rire.

— Presque-frère, rectifia Gregory.

Ivy se recroquevilla sous sa couverture.

— Comme tu veux, répondit Eric. J'en déduis que tu as fait ton deuil de Tristan, hein ? ajouta-t-il à l'intention d'Ivy. Gregory t'a guérie ?

— Ça suffit, Eric, intervint Gregory.

— Il fait ça mieux que Tristan ? poursuivit Eric d'une voix suave. En tout cas, je sais qu'il maîtrise les mouvements.

Ivy reçut les mots d'Eric comme des serpents s'insinuant dans son cerveau.

— La ferme ! explosa Gregory en sautant sur ses pieds.

— Mais tu le savais, pas vrai ? persista Eric de sa voix onctueuse. Tu étais au courant pour Gregory. Les filles, ça parle entre elles.

— Fous le camp !

— C'est sans doute Suzanne qui te l'a dit.

— Je te préviens…

— Mais oui, bien sûr, Suzanne aura raconté les exploits de Gregory à sa meilleure amie, minauda Eric en tortillant les hanches.

— Je te demande de partir de chez moi.

Eric tourna un visage goguenard vers Gregory.

— De chez toi ?

Sa bouche se plissa en un sourire exagéré.

— De chez toi ? répéta-t-il. Ça le sera peut-être un jour, si tu as de la chance.

Gregory resta silencieux un moment, puis reprit la parole d'un ton calme, quoique menaçant :

— Tu as plutôt intérêt à ce que j'en aie. Parce que, sinon, ce sera fini pour toi aussi.

Tout en parlant, Gregory s'était avancé vers lui. Eric s'éloigna prestement. Puis, de loin, comme un enfant qui s'enfuit et défie les autres de l'attraper, il regarda par-dessus son épaule en riant, d'un rire aux accents démoniaques qui glaça le sang d'Ivy.

Philip, qui avait entendu les éclats de voix, accourut.

— Qu'est-ce qui se passe ?

Ses yeux allèrent de Gregory vers Ivy, qui s'était levée, toujours enveloppée dans sa couverture.

— Qu'est-ce qui s'est passé ? insista-t-il.

— Rien, lui répondit Gregory. Rien qui doive t'inquiéter.

Philip lui jeta un regard suspicieux et se tourna vers sa sœur.

— Tu vas bien ?

Ivy hocha la tête en silence.

— Eric n'a pas été très gentil avec elle, lui expliqua Gregory en passant le bras autour de la taille d'Ivy.

— De quelle façon ?

— Il n'a pas été gentil, c'est tout.

— Mais de quelle façon ?

— Pour l'instant, je ne veux pas en parler, déclara Ivy.

La mâchoire serrée, Philip repartit vers la maison. Ivy savait qu'il se sentait exclu.

— Est-ce que je pourrais avoir un câlin ? lança-t-elle à son frère en se dégageant du bras protecteur de Gregory. Je sais que tu es grand maintenant, mais je ne me sens pas très bien. S'il te plaît, tu me fais un câlin ? lui redemanda-t-elle en s'accroupissant.

Aussitôt, Philip revint sur ses pas et serra fort sa sœur dans ses bras.

— On veillera sur toi, lui souffla-t-il.

— C'est vrai ? lui répondit-elle aussi dans un murmure.

— Oui, Gregory et moi, et puis mon ange Tristan.

Ivy eut un mouvement de recul et se raidit pour tâcher de ne pas pleurer.

— Merci, dit-elle à son frère.

Là-dessus, c'est elle qui s'enfuit vers la maison.

Lorsque Tristan entendit la dispute, il se rua vers la fenêtre pour voir ce qui se passait. Le son des voix portait jusqu'à lui, mais les arbres lui cachaient Eric et Gregory et il n'arrivait pas à distinguer les mots qu'ils prononçaient. L'échange cessa aussi vite qu'il avait commencé.

Tristan hésita. Il voulait s'assurer qu'Ivy allait bien, mais il ne pouvait pas quitter la chambre de Gregory dans l'état où il l'avait mise. Il en fouillait le moindre recoin depuis le début de la matinée et les tiroirs étaient béants, les papiers éparpillés, les poches des pantalons et des vestes retournées. Si Gregory soupçonnait qu'on le surveillait, il deviendrait beaucoup plus prudent et Tristan aurait infiniment plus de mal à découvrir des indices.

La dernière fois qu'Ivy avait eu besoin d'aide, elle

l'avait appelé mentalement, et il l'avait entendue. Tristan resta aux aguets quelques instants. Convaincu par le silence qu'Ivy n'était pas en danger, il se mit en devoir de ranger la chambre de Gregory.

C'est alors qu'il entendit Ivy monter l'escalier en courant, tandis que Philip et Gregory revenaient vers la maison en parlant. Tristan se hâta, mais ses forces diminuaient. Ses doigts, qu'il avait matérialisés de façon répétitive, étaient épuisés et se faisaient maladroits. Il referma le rideau du bureau de Gregory avec peine.

Il y avait sur le dessus du meuble un vieux journal d'école dans lequel étaient glissées des coupures de presse. Tristan les avait feuilletées plus tôt. Soudain, un courant d'air les fit s'envoler. Tristan essaya de les rattraper et, ce faisant, renversa une pile de boîtiers de cassettes vidéo. Certains s'ouvrirent dans la chute et les cassettes en tombèrent.

Gregory bavardait maintenant avec Philip au pied de l'escalier. Tristan s'affaira pour tout ramasser. Cependant, plus il se hâtait, plus il s'y prenait mal. Et cette cassette qui refusait de rentrer ! Pourquoi ?

Tristan rassembla toute son énergie et tira la cassette récalcitrante. Il s'apprêtait à l'enfoncer de nouveau dans son boîtier noir lorsqu'il remarqua un morceau de Cellophane collé à l'intérieur. Il contenait trois capsules rouge vif.

Les marches craquèrent dans l'escalier. Gregory arrivait. Tristan arracha le plastique, inséra la cassette, la plaça en haut de la pile des boîtiers. Il savait que Gregory ne le verrait pas, mais il remarquerait les cachets. Dans un dernier effort, il les jeta derrière le bureau. Un quart de seconde plus tard, Gregory entra dans sa chambre.

Tristan s'effondra, épuisé. Tout était en ordre, à l'exception d'un horaire de train resté par terre. Tristan ne s'inquiéta pas outre mesure. Gregory penserait que le vent l'avait soufflé là.

Gregory ne remarqua pas la brochure. Il alla s'asseoir directement à son bureau. Des gouttes de transpiration perlaient sur son front et sa peau avait pris une couleur étrange, blafarde sous son teint hâlé. Il enfouit son visage dans ses mains. Pendant plusieurs minutes, il se massa les tempes, puis, soudain, il se redressa.

Sa tête pivota sur son axe et ses yeux allèrent se poser sur la brochure par terre. Il releva la tête et, lentement, fit le tour de la pièce du regard. Il attrapa alors le premier boîtier sur la pile et, toujours aussi lentement, en sortit la cassette.

Bouche bée, il vérifia l'étiquette, s'empara du boîtier suivant, puis d'un autre. Il les ouvrit tous sans exception. Dans l'un d'eux, il arracha un deuxième sachet de Cellophane contenant aussi trois cachets rouges. De nouveau, il fit le tour de la pièce des yeux.

— Philip ! hurla-t-il alors.

Il se leva d'un bond, renversant sa chaise derrière lui. Puis il se précipita vers la porte où il s'arrêta net, avant de frapper le mur d'un coup de poing et de se tenir immobile, le regard rivé sur la porte, une main toujours serrée sur les capsules de drogue.

— Va au diable, sale môme !

Il enfouit les cachets au fond de sa poche, puis son

porte-monnaie. Il repartit vers son bureau, ramassa la chaise, la brochure, et se rassit.

Tristan s'approcha pour lire par-dessus son épaule. Gregory entoura l'heure du dernier train de nuit. Il quittait Tusset à une heure quarante-cinq. Il ne s'arrêtait pas à la petite gare de Stonehill. Gregory fit quelques calculs rapides, écrivit deux heures quatre sur le papier, entoura le nombre de deux cercles, et glissa la brochure sous un livre. Il resta assis sans bouger, le menton sur les mains, quinze minutes de plus.

Tristan aurait bien aimé se glisser dans ses pensées, mais il se savait trop faible pour tenter l'expérience. Gregory semblait s'être calmé, semblait même si calme qu'il en avait presque l'air inquiétant. Finalement, il se cala lentement contre le dossier de sa chaise et hocha la tête comme s'il avait pris une grande décision. Puis il attrapa ses clés de voiture, se leva et sortit dans le couloir. Tristan l'entendit siffloter dans l'escalier.

Chapitre 13

— Je crois qu'elle a fait son temps, observa Beth en regardant la fleur de pavot qu'Ivy avait placée dans un verre d'eau sur leur table.

Lorsque Lillian et Betty avaient ouvert le magasin le jeudi matin, elles avaient trouvé la fleur couleur lavande entre les dents de King Kong, fichée comme entre les dents d'un danseur. Ce jour-là, Ivy avait dû se défendre à plusieurs reprises d'avoir été l'auteur de la plaisanterie.

— Pourquoi essayer de la ressusciter ? demanda Beth en léchant son cône de glace. Va en acheter une fraîche, tout simplement.

— Elle me rappelle celles que j'ai achetées pour le cimetière samedi dernier, répondit Ivy. Elles étaient de la même couleur et Philip et moi les y avons portées tous les deux.

— Je suis contente qu'il t'ait accompagnée. Tristan lui manque, à lui aussi, non ?

— Il a placé les fleurs en forme de « T » sur sa tombe… murmura Ivy avec un sourire mélancolique.

Beth hocha la tête, comprenant un peu mieux pourquoi son amie s'embêtait tant avec une fleur de pavot séchée.

— Tu trouves que je perds la tête, n'est-ce pas ? reprit Ivy. Je devrais aller mieux pourtant ! Je suis censée oublier Tristan, et qu'est-ce que je fais ? Je conserve une fleur en souvenir parce qu'elle ressemble à celles que je…

Elle attrapa le pavot dans le verre et le jeta sur un plateau de vaisselle sale avec lequel une serveuse passait.

Ne faisant ni une ni deux, Beth sortit du box et s'élança après la serveuse pour récupérer la fleur.

— Elle donnera peut-être des graines, dit-elle à Ivy en la replaçant dans le verre d'eau.

Ivy haussa les épaules et but une gorgée de thé. Beth grignota son cône de glace.

— Tu sais, lança Beth au bout de quelques minutes, je suis toujours prête à t'écouter.

— Je sais, Beth, lui répondit Ivy. Je suis désolée. Je t'appelle au secours à neuf heures du soir, je t'arrache à ton écriture, tout ça pour venir manger dans un Howard Johnson au beau milieu d'un groupe de quinquagénaires qui jouent les jeunes branchés dans une ligue de bowling.

Elle scruta la salle vert et orange bondée de monde.

— Et je ne réussis même pas à te parler, soupira-t-elle.

— Ce n'est pas grave. J'ai une compensation : trois boules de glace double caramel, lui dit Beth en agitant son cône. Pour ça, je serais même venue à trois heures du matin. Par contre, comment as-tu deviné que j'écrivais ?

Beth portait un pantalon de survêtement coupé sous les genoux, elle n'était pas maquillée et avait sur le nez une vieille paire de lunettes qu'elle n'utilisait que devant son écran d'ordinateur. Son tee-shirt arborait un Post-it jaune sur lequel quelques mots étaient griffonnés et elle avait attaché ses cheveux avec une pince à dessin.

— L'intuition, finit par répondre Ivy en souriant. Que fait Suzanne ce soir ?

Elles ne s'étaient pas parlé depuis le festival.

— Elle avait une sortie de prévue.

— Avec Gregory ? demanda Ivy en fronçant les sourcils.

Il lui avait promis de tenir compagnie à Philip jusqu'à son retour.

— Non, un gars censé rendre Gregory fou de jalousie.

— Oh !

— Elle ne te l'a pas dit ? s'enquit Beth, surprise. Elle n'arrête pas d'en parler, pourtant.

À l'expression d'Ivy, Beth s'empressa d'ajouter :

— Je suis sûre que Suzanne est persuadée de t'avoir prévenue. Tu sais comment c'est... on raconte une chose à une personne et on pense l'avoir racontée à tout le monde.

Ivy opina, mais ni elle ni Beth n'étaient dupes.

— Elle n'a pas beaucoup vu Gregory ces derniers temps, poursuivit Beth en s'interrompant pour lécher quelques gouttes de chocolat qui avaient coulé le long du cône. Mais ça, tu dois le savoir.

— Je sais quand il sort, mais je ne lui demande jamais où il va ni avec qui, répondit Ivy.

— En tout cas, Suzanne est certaine qu'il voit quelqu'un d'autre.

Le nez baissé, Ivy s'était mise à suivre du doigt le tracé des motifs qui décoraient son set de table.

— Au début, elle a pensé que c'était un jeu. Qu'il avait des passades. Maintenant, elle le soupçonne de ne voir qu'une personne et d'y être drôlement accroché.

Ivy leva les yeux. Beth l'étudiait avec intensité. Pouvait-elle lire dans ses pensées ? Ou bien son expression les révélait-elle comme un livre ouvert ?

— Suzanne me demande mon avis constamment, reprit Beth, le sourcil légèrement levé.

— Et qu'est-ce que tu lui dis ?

Beth détourna le regard. Elle observa un instant une serveuse aux cheveux argentés qui flirtait avec deux chauves du club de bowling habillés en chemise bordeaux satinée.

— Je ne suis pas la personne à qui poser ce genre de questions, répondit Beth. Tu me connais, Ivy, je passe mon temps à observer les gens et à broder sur leurs histoires pour étoffer les miennes. Parfois, j'en arrive à ne même plus savoir si telle ou telle partie est vraie ou si c'est moi qui l'ai inventée.

— Qu'est-ce que tu penses de Gregory ?

— Que c'est un coureur. Que beaucoup de filles l'aiment bien. Mais qu'il est difficile de savoir ce qu'il pense et ce qui l'intéresse vraiment. Je ne le saisis pas très bien.

Beth mordit dans son cône et savoura en silence un moment.

— Gregory est comme un miroir, reprit-elle. Il renvoie l'image des personnes avec lesquelles il se trouve. Quand il est avec Eric, il agit comme Eric. Quand il est avec toi, il est attentionné et drôle, comme toi. Mais quand il est seul, je ne perçois rien, pas plus que je ne peux dire à quoi ressemble un miroir, puisqu'on y voit toujours un reflet. Tu comprends ?

— Oui, je crois.

— Qu'est-ce que tu attends de moi, Ivy ? lui demanda Beth d'un ton pressant. Vous êtes toutes les deux mes amies. Et je ne sais plus ce que je dois répondre à Suzanne quand elle me demande ce qui se passe.

— Moi non plus.

Ivy observa de nouveau le set de table et feignit de lire les descriptions des desserts qui y étaient marquées.

— Je te donnerai une réponse quand je l'aurai moi-même trouvée, d'accord ? reprit Ivy. À part ça, tu avances bien dans tes nouvelles ?

— Mes nouvelles ? répéta Beth, surprise par le changement de sujet. Oui, ça va, merci. D'ailleurs, en parlant de nouvelles, j'en ai une grande à t'annoncer.

— Vraiment ?

— Je vais être publiée, Ivy ! Dans un vrai magazine,

les *Confessions à cœur ouvert*, ajouta Beth, ses yeux bleus pétillants de joie.

— Beth, c'est formidable ! Laquelle ont-ils prise ?

— Celle que j'ai écrite pour le cours de théâtre et qui est parue dans le journal littéraire de l'école au printemps dernier.

Ivy l'avait oubliée.

— *Elle serra le pistolet contre elle. Dur et bleu acier, froid et inflexible. Des photos de lui. Des photos fragiles et fanées – de lui, avec elle –, des photos déchirées, trempées de larmes, couvertes d'une croûte de sel,* etc. Tu te souviens, maintenant ?

Ivy avait l'air absent.

— Ivy, qu'est-ce qu'il y a ? lui demanda Beth. Tu fais une drôle de tête tout à coup.

— Rien… rien, je réfléchissais.

— Ça t'arrive souvent, ces derniers temps.

— J'espère pouvoir continuer le mois prochain quand les cours auront repris, dit Ivy en riant.

Une des serveuses posa l'addition sur leur table. Ivy prit son porte-monnaie.

— Et si tu venais dormir chez moi ce soir ? reprit Beth. On n'est pas obligées de parler. On peut regarder des vidéos, se faire les ongles, cuisiner des petits gâteaux…

Elle engloutit la fin de son cône de glace et ajouta :

— … hypocaloriques, bien sûr.

Ivy sourit.

— C'est gentil, mais je dois rentrer à la maison, répondit-elle en faisant l'appoint.

— Non, tu ne dois pas.

Beth avait répliqué sur un ton si catégorique qu'Ivy leva les yeux de son porte-monnaie.

— Je ne sais pas pourquoi j'ai dit ça, se hâta de préciser Beth en entortillant une mèche de cheveux autour de ses doigts d'un air embarrassé. Par contre, je sais que tu ne dois pas rentrer chez toi.

— Mais enfin, Beth, c'est ma maison ! En plus, si Philip se réveille au milieu de la nuit et ne me trouve pas, il va s'inquiéter.

— Appelle-le, rétorqua Beth. Et s'il dort, demande à Gregory de lui mettre un mot près de son lit. Je t'assure, Ivy, ne rentre pas chez toi ce soir. J'ai un mauvais pressentiment.

— Beth, je sais que tu as beaucoup de pressentiments depuis quelque temps et, une fois, ils ne t'ont pas trompée. Mais là, c'est différent. Les portes seront fermées à clé. Gregory est là. Philip, aussi. Que veux-tu qu'il m'arrive ?

Beth avait les yeux rivés au-delà d'Ivy. Celle-ci se retourna vivement. Un frisé en chemise de bowling jaune vif lui fit un clin d'œil. Ivy l'ignora et reprit sa position initiale.

— Laisse-moi venir avec toi alors, insista Beth.

— Quoi ? Non, Beth. J'ai besoin de dormir et toi, tu as une nouvelle à finir. Je t'ai empêchée d'écrire ce soir. C'est moi qui t'invite, conclut Ivy en ramassant l'addition.

Sur le parking, Ivy fut encore contrainte de batailler avant que Beth n'accepte de la laisser partir.

Une fois seule au volant de sa voiture, Ivy repensa aux paroles de son amie. Les détails du suicide de Caroline n'avaient pas été rendus publics ; par conséquent, Beth ne pouvait pas connaître l'existence des photos déchirées retrouvées auprès de son cadavre. Comment Beth s'arrangeait-elle pour inclure dans ses histoires des événements *a priori* tirés par les cheveux et mélodramatiques, mais qui finissaient par correspondre à une réalité qui lui était inconnue ? Comme c'était étrange !

Lorsque Ivy arriva chez elle, toutes les lumières étaient éteintes, hormis dans la chambre de Gregory. Elle espéra que celui-ci ne l'avait pas entendue. Elle laissa sa voiture devant le garage. Ainsi, s'il venait à s'inquiéter, il verrait qu'elle était bien rentrée. Ivy décida aussi qu'elle monterait à l'étage par l'escalier central pour ne pas avoir à passer devant sa chambre. Durant l'après-midi, il l'avait appelée à deux reprises. Elle savait qu'il voulait lui parler, mais elle n'était pas encore prête à le faire.

Il faisait doux. Ivy observa un instant le ciel sans lune pailleté d'étoiles, puis traversa en silence l'herbe et le patio.

— Où étais-tu ?

Ivy sursauta. Gregory était assis dans l'ombre de la maison.

— Quoi ?

— Où étais-tu ?

Au ton de sa voix, Ivy frissonna.

— Je suis sortie, lui répondit-elle.

— Tu aurais dû me rappeler. Pourquoi est-ce que tu ne m'as pas rappelé, Ivy ?

— J'étais occupée avec les clients.

— Je croyais que tu devais rentrer tout de suite après le travail.

Ivy jeta ses clés sur une table en fonte d'un geste agacé.

— Et moi, je ne pensais pas que je serais obligée de répondre à un interrogatoire. Surtout pas de ta part. J'en ai assez, Gregory !

Il remua sur sa chaise, mais Ivy ne pouvait pas voir l'expression de son visage, dissimulé dans la pénombre.

— En fait, tous ceux qui me surveillent tout le temps me fatiguent ! Beth n'est pas ma mère et tu n'es pas mon grand frère !

Il eut un petit rire.

— Je suis heureux de te l'entendre dire. J'avais peur qu'Eric ne t'ait embrouillé les idées.

— Je me demande s'il n'y est pas arrivé, murmura-t-elle la tête baissée, en voulant entrer dans la maison.

Gregory la retint par le poignet.

— Il faut qu'on parle.

— Il faut que je réfléchisse, Gregory.

— Réfléchis à voix haute.

Elle lui répondit par un silence éloquent.

— Ivy, écoute-moi, reprit-il. On ne fait rien de mal.

— Alors, pourquoi est-ce que je me sens si... perdue ? Et si déloyale ?

— Envers Suzanne ?

— Elle pense que tu vois quelqu'un d'autre.

— C'est la réalité, répondit Gregory calmement. Par contre, je ne suis pas sûr que ce quelqu'un d'autre me voie...

Ivy se mordilla la lèvre avec embarras.

— Suzanne n'est pas le seul problème.

— Tristan ?

Elle opina.

— Assieds-toi.

— Gregory, je ne veux pas en parler.

— Je te demande juste de m'écouter. Tu aimes Tristan. Tu l'aimes comme tu n'aimes personne d'autre.

Ivy essaya de se dégager, mais Gregory n'était pas prêt à lui rendre sa liberté.

— Je t'ai demandé de m'écouter ! s'écria-t-il. Si tu étais morte dans l'accident, qu'est-ce que tu aurais souhaité pour Tristan ? Que plus personne ne l'aime ? Qu'il soit seul pour le restant de sa vie ?

— Non, bien sûr que non.

— Bien sûr que non, répéta Gregory d'une voix douce.

Il l'attira sur la chaise. Le métal était dur et froid.

— J'ai pensé à toi toute la journée, murmura-t-il.

Tendrement, du bout des doigts, il traça les lignes de son visage, de son cou. Il l'embrassa avec autant de douceur qu'on embrasse un enfant. Elle le laissa faire à contrecœur.

— Je t'attends ici depuis le début de la soirée, lui dit-il. J'ai envie de sortir. Et si on allait faire un tour en voiture ?

— On ne peut pas laisser Philip, lui rappela Ivy.

— Pourquoi pas ? répondit Gregory. Il dort comme une souche. Il suffit de fermer la maison à clé et de mettre l'alarme. On pourrait se balader un moment. Je ne te parlerai pas, je te le promets.

— On ne peut pas laisser Philip, répéta Ivy.

— Il ne risque rien. Il n'y a rien de mal à faire un tour. J'ai juste besoin d'un peu de vitesse et de musique.

— Et moi, non.

Ivy sentit le corps de Gregory se contracter.

— Pas maintenant, s'empressa-t-elle d'ajouter. Je suis fatiguée, Gregory. J'ai vraiment besoin d'aller me coucher. Un autre soir, peut-être.

— Comme tu veux, dit-il d'une voix rauque.

Il se laissa retomber contre le dossier de la chaise.

— Bonne nuit, déclara-t-il.

Ivy monta à l'étage à tâtons dans la maison plongée dans l'obscurité. Elle s'assura que Philip dormait bien, puis passa par leur salle de bains mitoyenne pour rejoindre sa propre chambre, où elle fut accueillie par les yeux brillants d'Ella. Ivy alluma la petite lampe sur sa commode et Ella se mit à ronronner.

— C'est pour moi, lui demanda Ivy, ou pour lui ?

La photo de Tristan, celle que la mère de celui-ci avait offerte à Ivy, était au centre du halo de lumière.

Ivy prit le cadre dans ses mains. Coiffé de sa casquette de base-ball – la visière à l'envers, bien entendu –, Tristan semblait la regarder en souriant. Les deux pans de sa veste d'école étaient ouverts au vent, comme s'il s'était avancé vers elle. Parfois, Ivy avait peine à croire qu'il était mort. Sa raison le savait, elle savait que, d'un instant à l'autre, Tristan avait cessé d'exister, mais son cœur refusait de s'y résigner.

— Je t'aime très fort, Tristan, dit-elle avant d'embrasser sa photo. Dors bien.

Ivy s'éveilla en hurlant. Elle avait la voix enrouée,

comme si elle avait passé des heures à crier. Elle consulta son réveil : une heure quinze du matin.

— Tout va bien, Ivy, chut, tout va bien.

Gregory l'étreignit. Philip se tenait debout à côté de lui, Ella serrée dans ses bras.

Ivy les regarda tous les trois avec des yeux écarquillés, puis s'abandonna contre Gregory.

— Mais quand est-ce que ça va s'arrêter ? Quand est-ce que ce cauchemar va finir ?

— Chut… chut… tout va bien.

Mais non, rien n'allait. Le cauchemar prenait de l'ampleur. De nouveaux détails s'y ajoutaient chaque nuit, qui déroulaient leurs tentacules angoissants toujours plus loin dans les méandres obscurs de son cerveau. Ivy ferma les yeux et appuya le front contre l'épaule de Gregory.

— Pourquoi est-ce qu'elle rêve tout le temps ? demanda Philip.

— Je ne sais pas, répondit Gregory. Ça doit faire partie du processus qui lui permettra d'oublier l'accident.

— Des fois, les rêves sont des messages envoyés par les anges, suggéra Philip.

Il avait prononcé le mot interdit rapidement, avant de regarder sa sœur avec l'air de celui qui attend la semonce.

Gregory observa Philip un moment, et lui demanda :

— Les anges sont gentils, pas vrai ?

Philip opina.

— Si les anges sont gentils, raisonna Gregory,

est-ce que tu crois vraiment qu'ils enverraient des cauchemars à Ivy ?

Philip réfléchit, puis remua la tête lentement.

— Non... à moins que celui d'Ivy soit méchant.

Ivy sentit Gregory se raidir.

— Philip, c'est mon esprit qui invente ce cauchemar, murmura Ivy. Il s'habitue à la réalité de l'accident que j'ai eu avec Tristan. Il disparaîtra bientôt.

Elle mentait. En réalité, elle avait très peur qu'il ne cesse jamais. En outre, elle était de plus en plus convaincue qu'il la tourmentait car il dissimulait un autre événement que la mort de Tristan.

— J'ai une idée, Philip, annonça Gregory. Tant que ces cauchemars ne laisseront pas Ivy tranquille, on va la veiller chacun à notre tour. Ce soir, c'est moi qui commence. La prochaine fois, ça sera toi, d'accord ?

Philip promena un regard méfiant de Gregory vers Ivy.

— D'accord, finit-il par accepter. Ivy, est-ce que je peux prendre Ella avec moi ?

— Bien sûr. Elle sera ravie de se faire câliner.

Ivy l'observa un instant. Ella toujours dans les bras, il restait là, la tête penchée vers elle, le front ridé.

— Philip, reprit-elle, quand je serai rentrée du travail demain, on fera quelque chose tous les deux. Réfléchis à ce qui te ferait plaisir. Tout va bien, vraiment.

Philip opina, mais Ivy savait qu'il ne la croyait pas.

— Dors bien, lui dit-elle. Cette nuit, tu as Ella. Et ton ange.

Philip leva des yeux surpris vers sa sœur.

— Tu l'as vu ?

Ivy hésita.

— Bien sûr que non, intervint Gregory.

« Bien sûr que non », répéta Ivy en silence – cependant, l'espace d'un instant, elle avait bien cru le contraire. Elle était presque prête à accepter l'idée que Philip avait un ange gardien. Lui, pas elle.

— Bonne nuit, lui souffla-t-elle.

Lorsqu'il eut quitté la chambre, Gregory serra Ivy contre lui et la berça longtemps.

— C'est toujours le même rêve ? lui demanda-t-il enfin.

— Oui.

— Tu vois toujours Eric ?

— Lui, non ; sa moto, oui.

— J'aimerais tellement t'aider à te débarrasser de ce cauchemar. Si je savais comment, je le prendrais dans mon cerveau. Je voudrais tellement pouvoir te protéger de tout ça.

— À mon avis, personne ne le peut.

Gregory leva la tête.

— Comment ça ?

— J'ai vu autre chose ce soir. La dernière fois, c'était la moto. Ce soir, un nouveau détail. Gregory, je crois que c'est ma mémoire qui parle. Et qu'elle continuera à s'exprimer tant que le souvenir n'aura pas pris forme.

Gregory s'écarta légèrement pour la regarder.

— Quel détail ?

— Je conduisais. La fenêtre était là, celle à travers laquelle je ne vois rien à cause de cette ombre qui se tient de l'autre côté. C'était la même fenêtre, mais cette fois, je m'en approchais en voiture, pas à pied.

Elle s'interrompit. Elle avait peur d'y penser, peur d'essayer de comprendre.

Gregory la serra contre lui de nouveau.

— Et tout le reste était identique ? l'encouragea-t-il.

— Non. Je conduisais la voiture de Tristan.

Ivy sentit Gregory retenir son souffle.

— Quand j'ai vu la fenêtre, j'ai essayé d'arrêter la voiture. J'ai appuyé sur la pédale de freins, mais la voiture n'a pas ralenti. Alors, j'ai entendu sa voix : « Ivy, arrête ! Arrête ! Tu ne le vois donc pas ? Arrête ! » Mais je n'ai pas pu m'arrêter. Je n'ai pas pu ralentir. J'ai freiné, encore plus fort. Il n'y avait plus de freins !

Le sang d'Ivy se glaça. Les bras de Gregory l'enlaçaient toujours, mais ils étaient devenus froids, eux aussi.

— Pourquoi les freins auraient-ils lâché ? murmura-t-elle. Gregory, est-ce que je suis en train de me rappeler quelque chose ? Qu'est-ce que c'est ?

Il ne répondit pas. Il tremblait autant qu'elle.

— Reste avec moi, le supplia-t-elle. J'ai peur de me rendormir.

— Je reste, à condition que tu te reposes, lui répondit-il.

— Je ne veux pas ! Je ne veux plus rêver. Ce cauchemar m'effraie ! Je ne veux pas savoir ce qui se passera la prochaine fois !

— Je serai là, la rassura Gregory. Je te réveillerai dès qu'il apparaîtra, mais tu dois te reposer. Je reviens tout de suite.

Il se leva.

— Où vas-tu ? demanda-t-elle, affolée.

— Chut… Je vais te préparer quelque chose de chaud pour t'aider à t'endormir.

Il prit la photo de Tristan sur la commode et vint la poser sur sa table de chevet.

— Je reviens tout de suite. Je ne te quitterai pas, Ivy. Je te le promets, lui dit-il en lui caressant les cheveux. Pas tant que ce cauchemar ne t'aura pas laissée en paix.

Chapitre 14

« Ivy, arrête ! Arrête ! Tu ne le vois donc pas ? Arrête ! »

Elle ne s'arrêtait pas. Ivy répétait son rêve en boucle à Gregory et il comprit que la mémoire lui revenait peu à peu. Peut-être la prochaine fois *tout* se mettrait-il en place dans sa tête – ce « tout » dont Gregory voulait que personne ne soit au courant.

À moins qu'il n'y ait pas de prochaine fois.

Tristan se tenait immobile dans la chambre. Hors de lui, il avait crié, hurlé. Il avait dépensé des monceaux d'énergie pour se faire entendre. Avec quel résultat ? Assise dans son lit comme une bête apeurée, Ivy n'attendait qu'une chose : le retour de Gregory.

Tristan se leva d'un bond et sortit dans le couloir. Il se rua dans l'escalier monumental de la demeure plongée dans l'obscurité, puis, d'instinct, vers la cuisine, où il trouva Gregory. Seule la veilleuse au-dessus de la cuisinière était allumée. L'eau sifflait dans la bouilloire. Gregory la regardait, assis sur un tabouret devant le comptoir, le teint pâle et luisant.

Il triturait un sachet de Cellophane qu'il avait sorti de sa poche. Tristan en imagina sans difficulté le contenu et l'utilisation que Gregory s'apprêtait à en faire. Il savait aussi que, même au plus fort de son énergie, il ne pourrait jamais contrecarrer son projet. Il n'arrivait pas à manier l'esprit de Gregory comme il en était capable avec celui de Will. Gregory combattrait Tristan jusqu'au bout et il disposait d'une force physique cent fois supérieure à celle des doigts matérialisés de Tristan.

« Les mains des êtres vivants sont parfois maladroites », songea Tristan. Si les petits cachets rouges – qu'il n'aurait aucune difficulté à attraper – prenaient vie, Gregory aurait du mal à les maîtriser.

Il avait choisi de préparer un thé à la framboise, sans doute pour sa saveur marquée qui couvrirait le goût d'une drogue, en déduisit Tristan. Il s'approcha de Gregory. Il lui faudrait agir exactement au bon moment.

Avec soin, Gregory ouvrit le sachet, en extirpa deux des trois cachets et tendit la main vers la théière. Tristan fit de même et concentra son attention sur le bout de ses doigts.

À l'instant même où Gregory ouvrait les siens pour laisser tomber les cachets dans le récipient, Tristan décocha une chiquenaude. Les petites capsules rouges s'en allèrent ricocher sur le plan de travail. Gregory proféra un juron et essaya de les arrêter, mais Tristan le prit de vitesse et les poussa dans l'évier. Les deux cachets y restèrent collés par l'humidité et Tristan dut les forcer dans l'écoulement.

Or, pendant qu'il s'affairait, Gregory s'était tourné vers la tasse. Il y jeta le troisième cachet.

Tristan voulut intervenir, mais Gregory referma la main sur l'anse. Il remua le thé à l'aide d'une cuillère et, une fois la drogue dissoute, il quitta la cuisine.

Lorsqu'il revint dans la chambre, le soulagement d'Ivy fut palpable.

— Ça devrait t'aider, lui dit Gregory en lui présentant la tasse.

« Ivy, ne bois pas ! » s'écria Tristan.

Elle but une gorgée, posa la tasse sur sa table de chevet et se blottit contre Gregory. Ce dernier reprit la tasse avant que Tristan n'ait le temps de la renverser.

— C'est trop chaud ?

— Non, c'est bon. Merci.

« Non ! » hurla de nouveau Tristan.

Mais Ivy but une autre gorgée, sans doute pour assurer Gregory qu'elle appréciait ce qu'il lui avait préparé.

— C'est bien le parfum que tu aimes, n'est-ce pas ? lui demanda ce dernier. Tu as tellement de thés dans ce placard que je n'étais pas sûr.

« Ivy, arrête ! »

— C'est parfait, répondit Ivy tout en continuant à boire.

« Lacey, où es-tu? Lacey, j'ai besoin de ta voix, quelqu'un doit la mettre en garde ! »

Chaque fois qu'Ivy tentait de reposer la tasse, Gregory la lui prenait des mains pour la lui présenter à nouveau. Il s'était assis sur le lit à côté d'elle, un bras passé autour de sa taille, la tasse collée à ses lèvres.

— Encore un peu.

« Non ! »

— Comment te sens-tu ? lui demanda-t-il au bout de quelques minutes.

— J'ai sommeil. C'est étrange, je n'ai plus peur... Par contre, j'ai l'impression que quelqu'un nous observe, ajouta-t-elle en promenant son regard dans la pièce.

« Je suis là, Ivy ! » répondit Tristan.

Gregory lui fit boire la dernière gorgée de thé.

— Ne t'inquiète pas, je ne te quitterai pas, lui dit-il doucement.

Tristan s'efforça au calme. Un cachet ne la tuerait probablement pas. Gregory avait-il trouvé l'autre sachet que Tristan avait jeté derrière son bureau ? Prévoyait-il d'engourdir Ivy avant de lui asséner le reste de la dose ?

« Lacey, je ne vais pas pouvoir la sauver seul ! »

« Will, songea alors Tristan. Il faut que je trouve Will. »

Combien de temps cela lui prendrait-il ? Les yeux d'Ivy commençaient à cligner.

— Dors, répétait Gregory. Dors. Tu n'as rien à craindre.

Les paupières d'Ivy se fermèrent, puis sa tête tomba en avant. Gregory n'essaya même pas de la retenir. Il s'écarta et la laissa s'effondrer sur le lit.

Tristan ne se rendit même pas compte qu'il pleurait des larmes d'impuissance. Il enlaça Ivy de ses bras incorporels. Elle n'était pas plus consciente de sa présence que de celle de Gregory. Elle sombrait de plus en plus profondément dans un coma artificiel.

Gregory se leva brusquement et sortit de la pièce.

Tristan savait qu'il devait aller chercher de l'aide, mais il ne pouvait se résoudre à laisser Ivy seule trop longtemps.

Philip. C'était sa seule chance. Tristan se précipita dans sa chambre.

Ella sentit sa présence dès qu'il apparut.

— Aide-moi, Ella, lui dit Tristan. Il faut qu'on le réveille juste assez pour qu'il me laisse entrer dans son cerveau.

Ella grimpa sur la poitrine de Philip, lui renifla le visage du bout du museau, puis se mit à miauler.

Philip battit des paupières et ouvrit les yeux. Sa petite main se leva et gratta Ella avec paresse. Tristan songea à la douceur des poils de la petite chatte. Une seconde après, ses pensées se fondaient dans celles de Philip, et il s'infiltra dans son cerveau.

— C'est moi, Philip. Ton ange, Tristan.

— Tristan, murmura Philip.

Soudain, ils se retrouvèrent assis l'un en face de l'autre, un damier placé entre eux. Philip sauta la dame de Tristan : « À toi de me couronner ! » lança-t-il.

Tristan avait atterri dans un souvenir, ou plutôt dans un rêve tissé à partir de la réalité. Il protesta :

— Philip, réveille-toi ! C'est Tristan. Réveille-toi ! J'ai besoin de ton aide. Ivy a besoin de ton aide.

Tristan entendit qu'Ella s'était remise à ronronner et, bien que son image reste floue, il remarqua qu'elle le fixait. Philip écoutait et s'éveillait peu à peu.

— Allez, Philip ! C'est bien, mon vieux.

Philip tourna les yeux vers les statuettes d'anges. Il avait un air étonné, dénué d'inquiétude. Son corps était détendu.

Jusqu'ici, tout se passait bien.

C'est alors que Tristan entendit un bruit dans le couloir. Des bruits de pas. Gregory. Il marchait bizarrement, avec lourdeur.

— Lève-toi, Philip ! Il faut aller voir !

Avant que celui-ci ne parvienne à réagir, Gregory était arrivé en bas. Un instant plus tard, la porte d'entrée claquait.

— Mets tes chaussures. Tes chaussures !

Le moteur d'une voiture toussota. Tristan le reconnut : c'était la vieille Dodge d'Ivy. Son cœur se serra. Gregory l'emmenait. Mais où ?

— Je ne sais pas, bredouilla Philip d'une voix endormie.

« Réfléchis, se dit Tristan. Quelle serait la solution de simplicité ? »

— Je ne sais pas, répéta Philip.

Étant donné qu'Ivy était sous l'emprise de la drogue, il serait facile à Gregory de faire croire à un accident. De quel genre ? Comment et où le provoquerait-il ? Il devait y avoir des indices dans sa chambre, une allusion dans une de ses coupures de journaux.

Soudain, Tristan se remémora l'horaire des trains. Il se rappela l'étrange expression de Gregory lorsqu'il avait remarqué la brochure par terre. Il l'avait ramassée, avait encerclé le dernier train de nuit, celui qui s'arrêtait à Tusset. Puis il avait procédé à un calcul, griffonné un nombre sur le papier, et l'avait entouré deux fois. Deux heures quatre. C'était donc ça : Tristan savait que le train passait à Stonehill quelques minutes après deux heures du matin. Et il passait, lancé à grande vitesse ! Il ne faisait pas d'arrêt dans les petites gares, désertes après minuit. Ils devaient rattraper Gregory !

Tristan jeta un œil sur le réveil de Philip. Une heure quarante-trois.

— Philip, viens !

Le petit garçon, assis sur une chaise, était penché en avant. Seule une de ses chaussures était lacée. Il essayait de nouer la seconde, mais ses doigts étaient maladroits. Il eut peine à se mettre debout et sortit d'un pas lent dans le couloir, guidé par Tristan. Celui-ci choisit l'escalier central, pour que Philip puisse se tenir à la rampe. Ils parvinrent sans encombre au rez-de-chaussée. Là, Tristan dirigea Philip vers l'arrière de la maison, où Gregory avait laissé une porte ouverte. Tristan avait l'impression de sentir le tic-tac de l'horloge en lui.

S'ils prenaient à pied l'allée qui descendait la colline jusqu'à la route, ils n'arriveraient jamais à la gare à temps, car elle les emmènerait d'abord dans la direction opposée. Les clés. Pourrait-il trouver celles de la voiture de Gregory ? Le cas échéant, il matérialiserait ses doigts et… Et s'ils perdaient du temps à chercher des clés que Gregory avait peut-être prises avec lui ?

— Marche arrière toute, Philip.

Tristan lui fit exécuter un demi-tour complet. Le raccourci serait dangereux, mais c'était leur seule chance. Le flanc de la falaise menait droit sur la gare.

Au bout de quelques pas, l'air frais de la nuit eut fini de réveiller Philip. Tristan commença à percevoir les ombres argentées et les bruissements de la nuit à travers ses yeux et ses oreilles. Lui-même se sentait plus fort. Il incita Philip à s'élancer. Ils foncèrent devant le court de tennis et parcoururent quarante mètres de plus vers les limites de la propriété, au bord de la falaise.

Grâce à leurs forces combinées, ils avançaient bien plus vite qu'un être humain normal. Toutefois, Tristan ne savait pas combien de temps son regain d'énergie subsisterait, ni s'il serait capable de les conduire tous les deux à bon port. Traverser le terrain des Baines semblait déjà leur avoir pris tant de temps !

Lorsqu'il voulut guider Philip par-dessus le mur de pierre, le petit garçon résista.

— Je n'ai pas le droit, protesta-t-il.

— Ne t'inquiète pas, tu es avec moi, le rassura Tristan.

La gare se dressait au loin, en contrebas. Pour la rejoindre, ils devraient dévaler un escarpement sur lequel les seuls points d'appui seraient les racines de quelques rares arbres nains et des corniches étroites séparées de brusques dénivellements lisses. Ici et là, des broussailles perçaient la surface rocheuse, au milieu d'une zone essentiellement terreuse sillonnée d'ornières et couverte de pierres éboulées qui roulaient sous le pied.

— Je n'ai pas peur, affirma Philip.

— Heureux de te l'entendre dire, parce que moi, si, avoua Tristan.

Ils entamèrent la descente, lentement, précautionneusement. La lune avait paru tard et les ombres étaient longues et déroutantes. Continuellement sur le qui-vive, Tristan se répétait que les jambes qu'il utilisait étaient plus courtes que les siennes, et les bras, moins capables que les siens de s'agripper à des prises éloignées.

Ils étaient à mi-chemin lorsque Tristan commit une erreur de jugement. Le prochain saut paraissait trop haut. En équilibre précaire sur une étroite saillie rocheuse, ils se penchèrent pour mieux évaluer la situation. Mais ils s'inclinèrent un peu trop. La corniche suivante, uniquement couverte de pierres, se trouvait à l'aplomb, sept ou huit mètres plus bas. Ils vacillèrent. Sans perdre une seconde, Tristan drapa ses réflexions et son instinct pour laisser Philip prendre les rênes. Heureusement que celui-ci avait le sens de l'équilibre. C'est ce qui les sauva. Lorsqu'ils eurent trouvé un meilleur chemin, ils poursuivirent leur course folle.

Pendant ce temps, Tristan s'efforçait de ne pas penser à Ivy, bien que l'image de sa tête au-dessus de son épaule, ballante comme celle d'une poupée de chiffon, ne cessât de lui revenir à l'esprit. Sans compter que son horloge intérieure lui indiquait que les minutes filaient.

— Qu'est-ce qu'il y a ? demanda Philip qui avait ressenti l'inquiétude de Tristan.

— Continue d'avancer. Je te dirai après.

Tristan ne pouvait pas révéler à Philip l'acuité du danger que courait Ivy. Il fit tout son possible pour dissimuler à la conscience de Philip l'identité et les intentions de Gregory. Il ne savait pas comment il réagirait à ces informations, s'il s'affolerait pour sa sœur ou s'il défendrait Gregory.

Ils parvinrent au pied de l'escarpement et s'élancèrent dans les hautes herbes en trébuchant sur des pierres éparses. Philip se tordit la cheville, mais continua son avancée. Ils approchèrent d'un haut grillage derrière lequel apparaissait la gare.

La ligne de voie ferrée se composait de deux rails seulement, orientés nord-sud/sud-nord, et chacun bordé d'un quai relié à l'autre par une passerelle. Côté sud, le plus éloigné de Tristan et Philip, à l'endroit où le train passerait, se trouvaient un abri en bois et un parking.

À l'instant où ils atteignaient le grillage, l'heure sonna au clocher d'une église. Un coup. Deux coups. Il était deux heures.

— La barrière est drôlement haute, Tristan.

— Mais au moins, elle n'est pas électrifiée.

— Est-ce qu'on pourrait se reposer ?

Avant que Tristan n'ait le temps de répondre, un sifflet s'éleva au loin.

— Philip, il faut qu'on arrive avant le train !

— Pourquoi ?

— Parce que. Grimpe !

Philip obtempéra. Il cala ses pieds dans les interstices du grillage et escalada peu à peu, les doigts crochetés sur les fils de fer. Parvenu en haut, sans attendre les instructions de Tristan, il sauta. Ils s'en allèrent rouler au sol quelques mètres plus bas.

— Philip !

— Je pensais que tu avais des ailes. Tu es censé en avoir.

— Moi, oui. Mais toi, non !

Le sifflet du train retentit de nouveau, tout proche

cette fois. Ils s'élancèrent vers les quais et sautèrent sur le premier.

Ivy se tenait sur celui d'en face, mais à l'autre extrémité.

— Elle n'a pas l'air d'aller bien, dit Philip.

Elle était adossée à un pilier, la tête inclinée.

— Elle va tomber ! Tristan, un train arrive ! s'écria Philip, soudain conscient du danger. Ivy, Ivy !

Mais sa sœur était sourde au monde extérieur.

— Les marches ! indiqua Tristan à Philip.

Philip courut à toutes jambes, traversa la passerelle, redescendit de l'autre côté.

Le roulement du train se rapprochait inexorablement. Philip n'avait pas cessé de hurler le nom d'Ivy, mais celle-ci restait prostrée, les yeux rivés sur les rails, comme hypnotisée. Tristan suivit son regard. Philip et lui se figèrent.

— Tristan ? bredouilla Philip d'une voix hagarde. Tristan, où es-tu ?

— Je suis là. Je n'ai pas bougé, lui répondit Tristan, stupéfait.

Il observa cette image de lui-même qui se tenait dans l'ombre sur le quai nord. L'étrange silhouette était vêtue d'une veste identique à celle qu'il portait à l'école, et coiffée d'une casquette de base-ball, la visière à l'envers. L'espace d'un instant, Tristan resta aussi transi que Philip et Ivy.

— Ce n'est pas moi, lança-t-il enfin. Ne te laisse pas impressionner, c'est quelqu'un qui s'est habillé comme moi.

« Gregory », songea Tristan.

— Qui est-ce ? demanda Philip. Pourquoi a-t-il fait ça ?

Soudain, une main pâle émergea de l'ombre à la lueur de la lune. Elle fit un signe à Ivy, l'invitant à venir vers elle, l'attirant vers les rails.

Le train était en vue maintenant. Son phare blanchissait la voie ferrée et son sifflet retentit comme une ultime mise en garde.

Ivy y resta indifférente. Elle était attirée vers cette main comme un papillon de nuit vers une flamme vacillante. Soudain, elle tendit le bras et fit un pas en avant.

— Ivy ! hurlèrent Tristan et Philip. Ivy, non !!

La tête haute, sa chevelure blonde et bouclée en halo autour de son visage, Ivy referma la porte du conseiller général d'éducation et s'éloigna dans le couloir en direction des casiers. Plusieurs garçons de l'équipe de natation se retournèrent sur son passage. Ivy s'obligea à les regarder droit dans les yeux d'un air assuré. Le pantalon et le haut qu'elle portait en cette rentrée des classes avaient été choisis pour elle par Suzanne, son amie d'enfance et experte en conseil vestimentaire. « Dommage qu'elle ne m'ait pas suggéré un sac assorti sous lequel me cacher », songea Ivy. Elle arrivait à la hauteur du panneau d'affichage réservé aux terminales. Plusieurs élèves se tenaient là. Dès qu'ils l'aperçurent, des murmures s'élevèrent, accompagnés de hochements de tête dans sa direction. Elle aurait dû s'en douter.

Bien sûr qu'on se retournerait sur toute personne ayant fait l'objet des attentions de Tristan Carruthers. Bien sûr qu'on chuchoterait au sujet de toute personne présente le soir où il était mort. Aussi, bien sûr qu'on montrerait du doigt toute personne ayant tenté de se suicider parce qu'elle n'arrivait pas à se remettre de sa disparition. Bien sûr. On en parlerait à voix basse et on l'étudierait de très, très, près. Que disait-on d'elle ? Que, le cœur brisé, Ivy avait avalé des cachets avant d'essayer de se jeter sous un train.

Ivy, elle, n'avait pour seuls souvenirs que son chagrin, l'interminable été qui avait suivi l'accident, et le cauchemar à répétition dans lequel ce cerf s'écrasait sur le pare-brise de la voiture. Trois semaines plus tôt, ce cauchemar l'avait de nouveau réveillée en sursaut et elle avait hurlé. Elle se rappelait seulement que Gregory, son quasi-frère, était venu la réconforter, puis qu'elle s'était rendormie en regardant la photo de Tristan, celle où il était vêtu de sa vieille veste d'école et coiffé d'une casquette de baseball avec la visière à l'envers. C'était sa préférée, mais depuis lors, elle la hantait. Elle avait commencé de l'obséder avant même qu'Ivy n'entende l'étrange rapport que son petit frère avait fait de cette nuit-là.

La déclaration de Philip selon laquelle un ange avait sauvé Ivy n'avait convaincu ni les membres de la famille ni la police que le geste de sa sœur n'avait pas été une tentative de suicide. En outre, comment Ivy aurait-elle pu nier avoir pris de la drogue puisque les tests sanguins effectués à l'hôpital en avaient révélé la présence ? Comment aurait-elle pu mettre en doute le cheminot qui avait assuré à la police qu'il n'aurait pas pu arrêter

son train à temps ?
Un petite voix tremblante interrompit Ivy dans ses pensées.
– Froussards, froussards, froussards… Où sont les froussards ? Froussards, froussards…
Dissimulé à l'ombre du renfoncement derrière l'escalier, le propriétaire de la voix s'adressait à Ivy. Cette dernière l'avait reconnu. C'était le meilleur ami de Gregory, Eric Ghent. Elle poursuivit sa route.
– Froussards, froussards, froussards…
Comme elle ne répondait pas, Eric émergea de sa cachette, tel un squelette surgissant brusquement de sa tombe. Ses cheveux blonds très fins retombaient en mèches éparses sur son front dégagé, et ses yeux ressemblaient à des billes bleu pâle enfoncées profondément dans des orbites osseuses. Ivy n'avait pas vu Eric depuis trois semaines ; elle soupçonnait Gregory de l'avoir tenu à distance pour la protéger de ses railleries.
Eric se hâta de la rattraper pour se planter devant elle.
– Pourquoi tu ne l'as pas fait ? demanda-t-il à Ivy. Tu t'es dégonflée ? Pourquoi tu ne t'es pas tuée ?
– Déçu ? lui rétorqua Ivy.
– Froussarde, froussarde, froussarde, murmura-t-il d'un ton persifleur.
– Laisse-moi tranquille, Eric, lança Ivy en le contournant pour reprendre sa marche d'un pas vif.
– Oh, non, plus maintenant, lui répondit Eric en refermant ses longs doigts effilés sur le poignet d'Ivy. Tu ne peux pas me laisser tomber. Toi et moi avons trop de choses en commun.
– On n'a rien en commun, se défendit Ivy en se libérant de son emprise.
– Gregory…, chuchota Eric en tapotant son pouce. La drogue…, reprit-il en poursuivant l'énumération sur ses doigts. Et on est tous les deux champions au jeu du froussard, ajouta-t-il en remuant son majeur. On est pareils maintenant.
Ivy continua d'avancer comme si de rien n'était, bien qu'elle ait envie de courir. Eric la suivit de son allure bondissante.
– Allez, susurra-t-il, raconte à ton copain. Qu'est-ce qui t'a poussée à faire çà? À quoi tu as pensé en voyant ce train foncer vers toi ? Tu planais ? C'était quel genre de trip ?
Les questions d'Eric faisaient horreur à Ivy. Il lui semblait impossible qu'elle ait pu essayer de se jeter sous un train de son plein gré. Certes elle avait perdu celui qu'elle aimait, mais beaucoup de personnes comptaient encore énormément dans sa vie – Philip, sa mère, Suzanne et Beth, et Gregory, qui

veillait si bien sur elle depuis l'accident. Gregory avait souffert aussi, car sa mère s'était tuée un mois avant la mort de Tristan. Ivy avait été témoin de la douleur et de la colère que ce suicide avait provoquées en lui et elle ne s'imaginait tout simplement pas capable de commettre le même acte. Pourtant, tout le monde affirmait le contraire. Gregory y compris.

– Combien de fois va-t-il falloir que je te le répète ? répondit Ivy à Eric. Je n'ai aucun souvenir de cette nuit-là. Aucun.

– Ça te reviendra, lui dit Eric avec un petit rire silencieux. Tôt ou tard, ça te reviendra.

Là-dessus, il s'éloigna, avant de se retourner un peu plus loin, tel un chien hésitant à aller plus loin. Feignant de ne pas remarquer les regards curieux, Ivy poursuivit son chemin. Elle aurait bien aimé que l'entretien d'orientation auquel Suzanne Goldstein et Beth Van Dyke avaient été convoquées soit terminé, mais elle ne voyait ni l'une ni l'autre.

Toutefois, Ivy n'eut aucun mal à trouver l'emplacement de leurs nouveaux casiers. Suzanne avait aspergé le sien de son parfum préféré. Les effluves qui en émanaient guidèrent Ivy jusqu'au bon endroit, comme elles avaient déjà guidé tous les garçons désireux de laisser un mot à Suzanne. Récemment, celle-ci avait fait trois nouvelles conquêtes, mais Beth et Ivy savaient que c'était pour attiser la jalousie de Gregory.

Un morceau de papier dépassait du casier de Beth, qui s'avéra être situé près de celui d'Ivy. Il était peu probable que ce soit le message d'un bel admirateur. Il paraissait plus vraisemblable que Beth ait refermé la porte sur l'une des innombrables pages de cahiers qu'elle recouvrait d'histoires d'amour sulfureuses.

Devant son propre casier, dans lequel elle désirait déposer ses nouveaux livres, Ivy s'accroupit pour composer son code et l'ouvrit. Elle hoqueta de surprise. Collée à l'intérieur de la porte, se trouvait une photographie de Tristan, celle qui hantait Ivy depuis trois semaines. Pendant un moment, elle eut peine à respirer normalement. Comment cette photo était-elle arrivée là ?

Frénétiquement, Ivy passa en revue toutes ses activités de la matinée : appel dans la salle de cours du professeur principal, assemblée générale, visite à la boutique du lycée et entretien d'orientation. Elle répéta cette liste deux fois, sans pouvoir se rappeler avoir collé cette photo sur sa porte. La raison lui faisait-elle de plus en plus défaut ?

Ivy ferma les yeux et s'adossa au casier. « Je suis folle, se dit-elle, je suis folle. »

– Gregory, est-ce que je perds la tête ? avait-elle demandé trois semaines plus tôt à son retour de l'hôpital.

Debout dans sa chambre, elle tenait la photo de Tristan dans ses mains tremblantes. Gregory la lui avait doucement retirée pour la donner à Philip, qui, à neuf ans, avait sauvé sa sœur d'une mort certaine.

– Tu iras mieux bientôt, Ivy. Je suis sûr de ça au moins, avait déclaré Gregory en la faisant s'asseoir à côté de lui sur le rebord du lit avant de lui passer le bras sur les épaules.

– Ce qui signifie que, pour l'instant, je suis folle.

Gregory n'avait pas répondu aussitôt. Lors de ses visites à l'hôpital, Ivy avait remarqué un changement chez lui. Ses cheveux noirs étaient parfaitement coiffés, comme toujours, mais son beau visage avait repris l'air du masque qu'il portait lorsqu'ils avaient fait connaissance, lorsque ses yeux gris pâle dissimulaient ses pensées les plus profondes.

– C'est difficile de comprendre une chose pareille, avait-il murmuré avec précaution. Comment savoir ce que tu pensais à ce moment-là ? Sans compter que l'histoire de ton frère ne nous sert pas à grand-chose, avait-il ajouté en jetant un coup d'œil à Philip, qui replaçait la photo de Tristan sur la commode.

Le frère d'Ivy lui avait retourné un regard noir et obstiné.

– Maintenant que tout le monde est parti, tu pourrais peut-être nous raconter ce qui s'est vraiment passé, avait insisté Gregory.

Philip avait levé les yeux vers les deux étagères où s'était trouvée la collection d'anges avant qu'Ivy ne s'en sépare. C'est lui qui avait récupéré les statuettes. Ivy les lui avait données à la condition qu'il ne les lui mentionne plus jamais.

– Je te l'ai déjà dit, avait répondu Philip.

– Répète encore une fois, avait murmuré Gregory d'une voix tendue.

– Je t'en prie, Philip, l'avait imploré Ivy en tendant le bras vers lui. Ça m'aidera.

Avec réticence, Philip avait laissé sa sœur lui prendre la main. Elle savait qu'il en avait assez d'être interrogé, par la police, par les médecins de l'hôpital, par leur mère et par Andrew, le père de Gregory.

– Je dormais, avait commencé Philip. Après ton cauchemar, Gregory m'a promis qu'il resterait avec toi. Alors, je suis reparti me coucher. Et là, j'ai entendu quelqu'un m'appeler. D'abord, je n'ai pas su qui c'était. Il m'a demandé de me réveiller. Il a ajouté que tu avais besoin de secours.

Philip s'était arrêté, comme si son histoire était terminée.

– Et ?
Il avait de nouveau regardé les étagères et s'était libéré de sa sœur.
– Continue, l'avait encouragé Ivy.
– Tu vas hurler.
– Non, je te promets que non. Et Gregory non plus, avait ajouté Ivy en mettant ce dernier en garde du regard. Dis-nous simplement ce dont tu te souviens.
– Tu as entendu une voix dans ta tête, c'est ça ? était intervenu Gregory. Une voix qui t'indiquait que ta sœur avait besoin d'aide. La voix ressemblait à celle de Tristan.
– C'était Tristan, l'avait corrigé Philip. C'était l'ange Tristan !
– D'accord, d'accord ! s'était emporté Gregory.
– Cette voix t'a-t-elle prévenu que j'étais en danger ? avait alors demandé Ivy. La voix t'a-t-elle dit où je me trouvais ?
– Tristan m'a ordonné d'enfiler mes chaussures, de descendre et de sortir par la porte de derrière. Ensuite, on a traversé le jardin en courant jusqu'au mur en pierre. Je savais que je n'avais pas le droit de l'enjamber, mais Tristan m'a dit que ça ne poserait pas de problème puisqu'il était avec moi.
À côté d'elle, Ivy avait senti le corps de Gregory se crisper. Elle avait néanmoins adressé à Philip un signe de tête encourageant.
– Ivy, j'ai vraiment eu peur de descendre la colline. C'était difficile de ne pas tomber, on glissait sur les pierres.
– C'est impossible, l'avait interrompu Gregory d'un ton irrité, quoique perplexe. Un gamin ne peut pas faire ça. Moi-même, je n'y arriverais pas.
– J'avais Tristan avec moi, lui avait rappelé Philip.
– Je ne sais pas comment tu as fait pour arriver jusqu'à la gare, Philip, avait repris Gregory, excédé, mais j'en ai assez de cette histoire de Tristan. Je ne veux plus l'entendre !
– Moi, si, avait dit Ivy calmement, alors que Gregory étouffait une exclamation. Continue, Philip.
– Une fois en bas, on s'est retrouvés devant une clôture. J'ai redemandé à Tristan ce qui se passait, mais il m'a juste répété qu'on devait t'aider. Alors j'ai commencé à escalader le grillage, et puis j'ai fait une bêtise. Comme Tristan est un ange, je croyais qu'on pouvait voler…
Bondissant sur ses pieds, Gregory s'était mis à faire les cent pas dans la chambre.
– … mais je me trompais, et on est tombés du haut de la clôture. Elle était haute.

Ivy avait baissé les yeux vers la cheville bandée de son frère. Ses genoux étaient écorchés et couverts de bleus.
– Alors, on a entendu siffler le train. Il fallait qu'on continue. C'est en s'approchant qu'on t'a vue sur le quai. On a crié, Ivy, mais tu ne nous as pas entendus. On a monté les escaliers en courant, on a traversé la passerelle, et c'est là qu'on a remarqué l'autre Tristan. Celui avec la casquette et la veste, comme dans ta photo, avait-il murmuré en pointant le doigt vers le cadre sur la commode.
– Si je comprends bien, avait lancé Gregory, l'ange Tristan est maintenant à deux endroits, avec toi, et de l'autre côté des rails, où il essaie d'attirer Ivy vers lui. Ce n'est pas très gentil.
– Tristan était avec moi, avait rétorqué Philip.
– Et qui était sur l'autre quai ?
– Un mauvais ange, avait répliqué Philip sans aucune hésitation. Quelqu'un qui voulait qu'Ivy meure.
Gregory avait cligné les yeux d'étonnement.
Quant à Ivy, frémissante, elle s'était effondrée contre la tête de son lit. Si étrange que fût le récit de Philip, il lui semblait plus réaliste que l'idée selon laquelle elle se serait droguée et aurait essayé de se jeter sous un train. En outre, d'une façon ou d'une autre, Philip avait effectivement réussi à atteindre la gare et à retenir sa sœur à la dernière minute. Le conducteur du train avait perçu leurs mouvements indistincts et informé par radio sa cellule d'aide qu'il ne serait pas capable de s'arrêter à temps.
– Je pensais que tu avais vu Tristan, avait repris Philip.
– Quoi ? s'était exclamée Ivy.
– Tu t'es retournée. J'ai cru que tu avais aperçu sa lumière, avait insisté Philip en regardant sa sœur avec des yeux remplis d'espoir.
– Non, je ne m'en souviens pas. Je n'ai aucun souvenir de ce qui s'est passé à la gare.
Sans doute était-ce mieux ainsi, en avait alors conclu Ivy. Si ce n'est que, désormais, chaque fois qu'elle posait les yeux sur la photo de Tristan, s'éveillait dans son esprit le picotement d'un sentiment confus. Quelque chose l'empêchait de détourner son regard et d'oublier.
Ivy avait fixé la photo sur la commode et sa vue s'était troublée. Elle avait fini par se rendre compte qu'elle pleurait.
– Ivy… Ivy, non.
Les mots de Suzanne ramenèrent brusquement Ivy à la réalité. Elle redressa la tête, tandis que son amie s'accroupissait à côté d'elle, ses lèvres couvertes

de rouge serrées en un trait sombre. Beth, qui était aussi sortie de son entretien d'orientation, se tenait debout devant elle, la main plongée dans son sac à dos à la recherche de mouchoirs en papier. Elle posa sur Ivy des yeux aussi larmoyants que les siens.

– Je vais bien, leur dit Ivy en se séchant le visage d'un geste rapide. Je vous assure, insista-t-elle tout en sachant qu'elles ne la croyaient pas.

Gregory l'avait conduite à l'école ce jour-là et Suzanne la raccompagnerait. Visiblement, ils ne voulaient pas qu'elle prenne le volant d'une voiture ; ils craignaient sans doute qu'elle en perde le contrôle et qu'elle aille s'écraser au fond d'un ravin.

– Tu ne devrais pas laisser cette photo ici, lui suggéra Suzanne. Tôt ou tard, il faudra bien que tu acceptes, Ivy. Tu te…

Suzanne hésita.

– Rends folle ? finit Ivy.

Suzanne repoussa sa chevelure noire vers l'arrière en la lissant avec ses mains, puis joua avec l'une de ses boucles d'oreilles créoles. Elle n'hésitait jamais à donner son avis, mais cette fois, elle prit des précautions.

– Ce n'est pas sain, Ivy, finit-elle par déclarer. Cette photo te fera penser à lui chaque fois que tu ouvriras ton casier.

– Mais ce n'est pas moi qui l'y ai mise, lui répondit Ivy.

– Comment ça ? s'étonna Suzanne en fronçant les sourcils.

– Tu m'as vue le faire ? lui demanda Ivy.

– Non, mais n'oublie pas que…, commença Suzanne.

– Je n'oublie pas, non, la coupa Ivy.

Suzanne et Beth échangèrent un regard gêné.

– Quelqu'un d'autre l'a collée ici, reprit Ivy d'un ton bien plus convaincu qu'elle ne l'était en réalité. C'est une photo d'école. N'importe qui pourrait se la procurer. Je vous jure que ce n'est pas moi qui l'ai mise ici. C'est donc forcément quelqu'un d'autre.

Il y eut un moment de silence, puis Suzanne soupira. Embarrassée, Beth demanda à Ivy :

– Tu as vu le conseiller d'orientation ?

– J'en viens, lui confirma Ivy en refermant son casier sans en retirer la photo.

Elle se redressa et regarda Beth. Malgré les vêtements à la mode que Suzanne avait aussi choisis pour elle en ce jour de rentrée, son visage rond et son plumeau de cheveux méchés feraient toujours penser à une chouette inquiète.

– Que t'a dit Mme Bryce ? reprit Beth tandis qu'elles se mettaient en marche dans le couloir.
– Pas grand-chose. Je dois aller la voir deux fois par semaine, et dès que je ne me sens pas bien. Vous venez, lundi ? ajouta alors Ivy en changeant brusquement de sujet.
Les yeux de Suzanne étincelèrent.
– À la Boum des Baines ? C'est une tradition, le jour de la Fête du travail ! s'exclama-t-elle, de toute évidence heureuse de parler enfin d'un événement gai.
Ivy savait que le mois qui venait de s'écouler avait été dur pour Suzanne aussi. Elle s'était montrée si jalouse de l'attention portée par Gregory à Ivy qu'elle avait cessé de parler à cette dernière. Puis, lorsque Gregory lui avait appris qu'Ivy avait tenté de se suicider, elle s'en était voulu d'avoir tourné le dos à son amie d'enfance. De son côté, Ivy se considérait partiellement responsable de leur mésentente. Elle s'était trop rapprochée de Gregory. Étrangement, depuis l'incident à la gare trois semaines auparavant, lui avait pris ses distances et traitait désormais Ivy plus comme une sœur que comme une petite amie potentielle. Aussi, Suzanne avait adressé de nouveaux signes d'amitié à Ivy, que le changement d'attitude chez elle et chez Gregory soulageait.
– On va à la Boum des Baines depuis qu'on est toutes petites, dit Beth à Ivy. Tout Stonehill y va.
– Sauf moi, précisa Ivy.
– Et Will. C'est normal, vous n'êtes arrivés que l'hiver dernier, répondit Beth. Mais je lui en ai parlé, et il y sera.
– Vraiment ? dit Ivy, qui avait remarqué que Beth et Will passaient de plus en plus de temps ensemble. Il est sympa.
– Très sympa ! confirma Beth avec enthousiasme.
Les deux amies s'étudièrent un instant. Beth et Will deviendraient-ils plus que des camarades ? Ivy se le demandait. Peut-être Beth, auteure prolifique d'histoires d'amour, était-elle enfin tombée amoureuse. Il n'y aurait rien d'étonnant à cela : elles étaient nombreuses à s'enticher de Will. Ivy elle-même, lorsqu'elle plongeait son regard dans ses yeux d'un marron profond… Ivy s'empressa de mettre cette pensée de côté. Elle ne s'autoriserait jamais un nouvel amour.
Les trois amies sortirent du bâtiment et Suzanne entraîna le groupe vers les voitures par un chemin détourné qui avait l'avantage de longer le terrain sur lequel s'entraînait l'équipe de football américain.

– Il faut absolument que je me procure la liste des joueurs, lança Suzanne après plusieurs minutes passées à les observer. Je ne voudrais pas commencer à baver d'admiration sur le numéro quarante-neuf et découvrir que c'est un première année. Quelle honte ce serait !

– Un beau gosse, c'est un beau gosse, lui répondit Beth avec philosophie. En plus, c'est très à la mode en ce moment pour les femmes d'avoir un amoureux plus jeune que soi.

– Ne dites pas à Gregory que je cherche, chuchota Suzanne en aparté tandis qu'elles s'approchaient des voitures.

– Chercher est interdit ? s'enquit Beth innocemment.

– Tout compte fait… dites-lui, dites-lui ! s'exclama Suzanne en ouvrant les bras d'un geste théâtral. Fais-lui savoir, Ivy, que je sors et que la chasse est ouverte.

Ivy se contenta de sourire. Depuis le début de leur relation, Suzanne et Gregory jouaient au chat et à la souris.

– C'est vrai, après tout, pourquoi est-ce que je me limiterais à un seul petit copain ? poursuivit Suzanne.

Ivy savait que Suzanne jouait la comédie. Gregory occupait chacune de ses pensées depuis le mois de mars précédent et elle ne désirait que l'enchaîner à elle.

– Je commencerai à la Boum des Baines, décréta Suzanne en ouvrant la portière de sa voiture. Beaucoup de couples se forment ce jour-là.

– Tu en prévois combien pour ta personne ? la taquina Ivy.

– Six.

– Parfait, dit Beth. Ça me fera l'exemple de six cœurs brisés supplémentaires pour mes romans.

– J'accepterai de me limiter à cinq, ajouta alors Suzanne en lançant un regard malicieux à Ivy, si tu en gardes un pour toi et que tu oublies de penser à Tristan.

Comme Ivy ne répondait pas, Suzanne s'assit au volant de sa voiture, ferma la portière, et se pencha pour déverrouiller celle du côté passager. Avant qu'Ivy n'ait le temps de poser la main sur la poignée, Beth la lui attrapa et lui confia d'une voix basse et empressée :

– Tu ne peux pas oublier, Ivy. Pas encore. Ce serait dangereux.

Ivy ressentit dans son esprit ce picotement d'un sentiment confus.

Là-dessus, Beth monta vivement dans sa propre voiture et démarra à toute vitesse.

Impression réalisée par
CPI BRODARD ET TAUPIN
La Flèche
en février 2012

« Pour l'éditeur, le principe est d'utiliser des papiers composés de fibres naturelles, renouvelables, recyclables et fabriquées à partir de bois issus de forêts qui adoptent un système d'aménagement durable. En outre, l'éditeur attend de ses fournisseurs de papier qu'ils s'inscrivent dans une démarche de certification environnementale reconnue. »

Composition MCP - *Groupe JOUVE* - 45770 Saran
N° 029860K

Dépôt légal : février 2012
20.19.1907.3/03 – ISBN 978-2-01-201907-2
N° d'impression : 68292

Loi n° 49-956 du 16 juillet 1949
sur les publications destinées à la jeunesse.